우리가 정말 알아야 할 우리 고전

주생전
영영전

우리가 정말 알아야 할 우리 고전 기획 위원

고운기 | 한양대학교 문화콘텐츠학과 교수
김현양 | 명지대학교 방목기초교육대학 교수
정환국 | 동국대학교 국어국문학과 교수
조현설 | 서울대학교 국어국문학과 교수

우리가 정말 알아야 할 우리 고전

주생전 영영전

초판 1쇄 발행 | 2011년 12월 20일

글 | 이대형
그림 | 이경하
펴낸이 | 조미현

편집주간 | 김수한
책임편집 | 박민영
디자인 | 디자인 나비

출력 | 문형사
인쇄 | 영프린팅
제책 | 쌍용제책사

펴낸곳 | (주)현암사
등록 | 1951년 12월 24일 · 제10-126호

주소 | 121-841 서울시 마포구 서교동 481-12
전화 | 365-5051 · 팩스 | 313-2729
전자우편 | 1318@hyeonamsa.com
홈페이지 | www.hyeonamsa.com

글 ⓒ 이대형 2011
그림 ⓒ 이경하 2011
ISBN 978-89-323-1603-1 03810

우리가 정말 알아야 할 우리 고전

주생전 영영전

글 이대형 | 그림 이경하

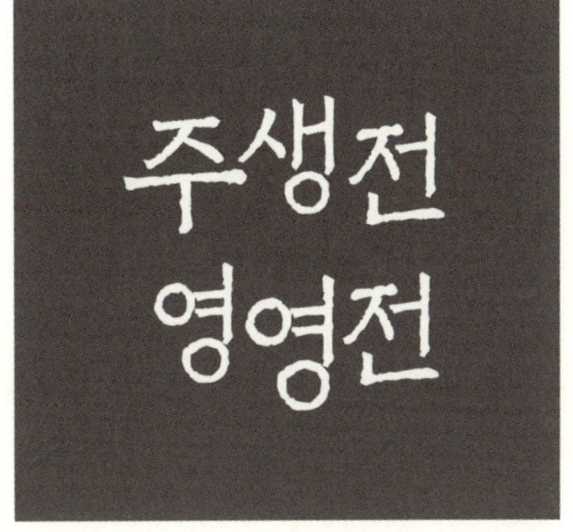

현암사

우리 고전 읽기의 즐거움

문학 작품은 사회와 삶과 가치관을 총체적으로 담고 있는 문화의 창고이다. 때로는 이야기로, 때로는 노래로, 혹은 다른 형식으로 갖가지 삶의 모습과 다양한 가치를 전해 주며, 읽는 이에게 기쁨과 위안을 주는 것이 문학의 힘이다.

고전 문학 작품은 우선 시기적으로 오래된 작품을 말한다. 그러므로 낡은 이야기일 수 있다. 그러나 그 속에 담긴 가치와 의미는 결코 낡은 것이 아니다. 시대가 바뀌고 독자가 달라져도 고전이라는 이름으로 여전히 많은 사람에게 읽히는 작품 속에는 인간 삶의 본질을 꿰뚫는 근본적인 가치가 담겨 있다. 그것은 시대에 따라 퇴색되거나 민족이 다르다고 하여 외면될 수 있는 일시적이고 지역적인 것이 아니다. 시대와 민족의 벽을 넘어 사람이면 누구나 공감할 수 있는 보편적이고 세계적인 것이다. 그렇기 때문에 우리가 톨스토이나 셰익스피어 작품에서 감동을 받고, 심청전을 각색한 오페라가 미국 무대에서 갈채를 받을 수도 있다.

우리 고전은 당연히 우리 민족이 살아온 궤적을 담고 있다. 그 속에 우리의 지난 역사가 있고 생활이 있고 문화와 가치관이 있다. 타인에게 관대하고 자신에게 엄격한 공동체 의식, 선비 문화 속에 녹아 있

던 자연 친화 의지, 강자에게 비굴하지 않고 고난에 굴복하지 않는 당당하고 끈질긴 생명력, 고달픈 삶을 해학으로 풀어내며 서러운 약자에게는 아름다운 결말을 만들어 주는 넉넉함…….

사람과 사람, 사람과 자연의 '어울림'을 중요하게 생각했던 우리의 가치관은 생활 속에 그대로 녹아서 문학 작품에 표현되었다. 우리 고전 문학 작품에는 역사가 기록하지 않은 서민의 일상이 사실적으로 전개되며 우리의 토속 문화와 생활, 언어, 습속이 구체적으로 드러난다. 작품 속 인물들이 사는 방식, 그들이 구사하는 말, 그들의 생활 도구와 의식주 모든 것이 우리의 피 속에 지금도 녹아 흐르고 있음이 분명하지만 우리 의식에서는 이미 잊힌 것들이다.

그것은 분명 우리 것이되 우리에게 낯설다. 고전을 읽음으로써 우리는 일상에서 벗어나 그 낯선 세계를 체험하는 기쁨을 얻게 된다. 몰랐던 것을

새롭게 아는 것이 아니라 잊었던 것을 되찾는 신선함이다. 처음 가는 장소에서 언젠가 본 듯한 느낌을 받을 때의 그 어리둥절한 생소함, 바로 그 신선한 충동을 우리 고전 작품은 우리에게 안겨 준다. 거기에는 일상을 벗어났으되 나의 뿌리를 이탈하지 않았다는 안도감까지 함께 있다. 그것은 남의 나라 고전이 아닌 우리 고전에서만 받을 수 있는 선물이다.

우리 고전을 읽어야 한다는 데는 이미 많은 사람이 공감한다. 고전 읽기를 통해서 내가 한국인임을 자각하고, 한국인이 어떻게 살아왔으며, 어떻게 살아가야 할지 알게 하는 문화의 힘을 느낄 수 있다.

하지만 고전은 지난 시대의 언어로 쓰인 까닭에 지금 우리가, 우리의 청소년이 읽으려면 지금의 언어로 고쳐 쓰는 작업이 반드시 선행되어야 한다. 우리가 쉽게 접하는 세계의 고전 작품도 그 나라 사람들이 시대마다 새롭게 고쳐 쓰는 작업을 거듭한 결과물이다. 우리는 그런 작업에서 많이 늦은 것이 사실이다. 이제라도 우리 고전을 새롭게 고쳐 쓰는 작업을 할 수 있는 것은 우리의 문화 역량이 여기에 이르렀다는 방증이다.

현재 우리가 겪는 수많은 갈등과 문제를 극복할 해결의 실마리를 고전 속에서 찾을 수 있다고 확신하면서 우리 고전을 지금의 언어로 고쳐 쓰는 작업을 시작한다. 이 작업은 여기에서 멈추지 않고 앞으로도 시대에 맞추어 꾸준히 계속될 것이다. 또 고전을 읽는 데서 끝나지 않을 것이다. 우리 고전은 우리의 독자적 상상력의 원천으로서, 요즘 시대의 화두가 된 '문화 콘텐츠'의 발판이 되어 새로운 형식, 새로운 작품으로 끝없이 재생산되리라고 믿는다.

'우리가 정말 알아야 할 우리 고전'을 기획하면서 우리는 다음과 같은 몇 가지 원칙을 세웠다.

먼저 작품 선정에서 한글·한문 작품을 가리지 않고, 초·중·고 교과서에 수록된 작품을 우선하되 새롭게 발굴한 것, 지금의 우리에게도 의미 있고 재미있는 작품을 포함시키기로 하였다.

그와 함께 각 작품의 전공 학자들이 적극적으로 참여하여 판본 선정과 내용 고증에 최대한 정성을 쏟았다. 아울러 원전의 내용과 언어 감각을 훼손하지 않으면서도 글맛을 살리기 위해 여러 차례 윤문을 거쳤다.

마지막으로 시각 효과를 높이기 위해 내용에 맞는 그림을 곁들였다. 그림만으로도 전체 작품의 흐름을 알 수 있도록 화가와 필자가 협의하여 그림 내용을 구성했으며, 색다른 그림 구성을 위해 순수 화가와 사진작가를 영입하기도 하였다.

경험은 지혜로운 스승이다. 지난 시간 속에는 수많은 경험이 농축된 거대한 지혜의 바다가 출렁이고 있다. 고전은 그 바다에 떠 있는 배라고 할 수 있다.

자, 이제 고전이라는 배를 타고 시간 여행을 떠나 보자. 우리의 여행은 과거에서 출발하여 앞으로 미래로 쉼 없이 흘러갈 것이며, 더 넓은 세계에서 더 많은 사람을 만나며 끝없이 또 다른 영역을 개척해 갈 것이다.

우리가 정말 알아야 할 우리 고전
기획 위원

차례

영영전

주생전

주생의 유랑

주생*의 이름은 회檜이고 자字는 직경直卿, 호는 매천梅川이다. 대대로 전당*에 살았으나, 주생의 아버지가 촉주*의 별가*가 된 후로는 촉 지역에 살게 되었다. 주생은 어려서부터 총명해 시를 지을 수 있었고, 열여덟 살에는 태학*에 들어가 동료들의 추앙을 받았다. 스스로도 학식이 얕지 않다고 자부했지만 태학에 수년 동안 있으면서 과거에 급제하지 못하자, 탄식하였다.

"사람이 세상에서 사는 것은 작은 티끌이 연약한 풀에 깃든 것과 같다. 어찌 명성에 얽매이고 속세에 골몰하여 나의 삶을 마치리오?"

이때부터 주생은 과거 공부할 생각을 끊었다. 그리고 상자 속에 있던 돈 수천 냥을 꺼내어 그 절반으로 배를 사서 강호江湖 사이를 오갔고, 나머지 절반으로는 여러 물건을 사고팔아 때때로 이윤을 취하여 생활을 꾸려 갔다. 그리하여 아침에는 오*, 저녁에는 초*에 머물며 오로지 마음 가는 대로 다녔다.

하루는 배를 악양루* 밖에 매어 두고 성안으로 걸어 들어가, 친하게 지냈던 나생羅生을 찾아갔다. 나생 또한 뛰어난 선비였다. 그는 주생을 보고는 매우 기뻐서 술상을 차려 서로 즐겁게 마셨다. 주생이 어느덧 술에 취해서 배로 돌아오니 날은 이미 어두워졌다. 잠시 후 달이 떠오르자, 주생은 배를 물 가운데 풀어 두고 노에 기대 잠을 잤다. 배는 바람이 부는 대로 저절로 흘러서 화살처럼 빨리 나아갔다.

깨어 보니 안개 낀 절에서 종이 울리고 달은 서쪽에 있었다. 양쪽 강둑을 보니 푸른 숲이 우거졌고, 멀리 숲 속에는 비단 등롱*의 은 촛불이 붉은 난간과 푸른 주렴 사이에서 은은히 빛났다. 사람들에게 물으니 이곳은 전당이라 하였다. 주생은 절구絕句 한 수를 즉석에서 읊었다.

악양루 밖에서 모란 삿대에 기댔더니

한밤중 바람 불어 취향*에 들어왔네

두견새 소리에 봄달은 밝고

문득 깨어 보니 전당에 와 있네.

주생周生 '주씨 성의 젊은이'라는 뜻
전당錢塘 현재 중국의 항주(杭州) 지역. 비단과 차의 생산지로 상업 교류가 활발했던 곳이다.
촉주蜀州 현재 중국의 성도(成都) 지역. 뛰어난 문인(文人)을 배출한 곳으로 유명하다.
별가別駕 한(漢)나라 때 자사(刺史)를 수행하던 관직. 자사와 함께 동행하면서 다른 가마를 탔기 때문에 생긴 명칭이다.
태학太學 천자(天子)의 나라에서 관리하는 최고의 학부(學部)
오吳 현재 중국의 강소성(江蘇省) 일대
초楚 현재 중국의 호남성(湖南省)과 호북성(湖北省) 일대
악양루岳陽樓 현재 중국 호남성의 악주성(岳州城)에 있으며 동정호와 장강의 경치를 전망하는 곳으로 유명하다.
등롱燈籠 대나무나 쇠에 종이나 헝겊을 씌우고 그 안에 촛불을 넣어서 들고 다니던 등
취향醉鄕 술에 취한 상태, 또는 그러한 상태에서 느끼는 별천지

배도와 만나다

아침이 밝자 주생은 강둑으로 올라가 고향의 옛 친구들을 찾아보았다. 그러나 절반 이상이 이미 세상을 떠나고 없었다. 주생은 시를 읊고 배회하면서 차마 떠나지 못하였다.

이곳에는 배도徘桃라는 기생이 있었는데, 주생이 어렸을 때 함께 놀던 친구였다. 그녀는 전당에서 재주와 용모가 가장 뛰어나 사람들이 '배랑徘娘'이라고 불렀다. 그녀는 주생을 자기 집으로 데려왔고, 서로 매우 반가워했다. 주생이 배도에게 시를 건넸다.

하늘가 꽃들에 몇 번이나 옷깃을 적셨던가
만리타향에서 돌아오니 일마다 달라졌네
옛 친구 두추랑•의 명성은 그대로이고
작은 누각의 주렴 걷으니 햇살이 비껴드네.

이에 배도가 크게 놀랐다.

"낭군의 재주가 이와 같으니 오래 다른 사람에게 몸을 굽힐 분이 아닙니다. 어찌하여 배를 타고 이처럼 떠도시나요?"

이어서 물었다.

"결혼은 하셨나요?"

주생이 말했다.

"아직 하지 못했소."

배도가 웃으며 말했다.

"꼭 배로 돌아가야 할 이유가 없으니 첩의 집에 계셨으면 합니다. 첩이 마땅히 아름다운 배필을 구해 드리지요."

무릇 배도의 마음에는 주생이 있었다. 주생 또한 배도의 자태가 곱고 아름다워서 마음속으로 매우 흡족했다. 그래서 웃고 고마워하며 말했다.

"감히 바라지는 못하지만 원하는 바요."

이렇듯 단란한 시간을 보내는 가운데 날이 이미 저물었다. 배도는 어린 여종을 시켜 주생을 별실別室로 인도하게 했다. 주생은 벽 사이에 절구 한 수가 있는 것을 보았는데, 시의 뜻이 매우 새로웠다. 여종에게 시에 대해 물으니 대답했다.

"주인 낭자께서 지은 것입니다."

시는 이러했다.

두추랑杜秋娘 당나라 때 금릉(金陵, 남경의 옛 이름)에 살던 여인. 진해절도사 이기(李錡)의 첩이 되어 지은 「금루의(金縷衣)」라는 시가 유명하다. 당나라 시인 두목(杜牧)이 「두추랑」이라는 시를 짓기도 하였다.

비파로 상사곡*을 연주하지 마라

곡조 높아질 때 애가 다시 끊어지는구나

꽃 그림자 발*에 가득하여 쓸쓸하기만 하니

봄이 온 황혼에 얼마나 마음을 삭혔던가.

주생은 배도의 외모가 좋았던 데다 그녀가 지은 시를 보자 정情에 미혹되어 온갖 생각이 다 사라져 버렸다. 마음속으로 차운*을 해서 배도의 뜻을 시험하고 싶었다. 그래서 오래도록 시구를 생각하며 애써 읊조려 보았으나, 끝내 시를 완성하지 못하고 밤이 깊어만 갔다. 달빛은 땅에 가득하고 꽃 그림자가 비쳤다.

주생이 이리저리 배회하는데 갑자기 문밖에서 사람 소리와 말 울음소리가 들리더니 한참 뒤에야 그쳤다. 주생은 자못 의아했으나 무슨 일인지 알 수 없었다. 배도가 거처하는 방을 바라보니 그리 멀지 않은 곳이었다. 사창* 안에는 붉은 촛불이 환하게 빛나고 있었다. 주생이 몰래 가서 엿보니 배도가 혼자 앉아 채운전*을 펼쳐 놓고 「접련화」* 사*를 쓰고 있었다. 그런데 앞부분만 썼을 뿐 뒤는 아직 쓰지 못한 상태였다. 이에 주생은 홀연 창문을 열고 말했다.

"주인의 사에 나그네가 뜻을 더해도 괜찮겠소?"

그러자 배도가 화내는 척하였다.

"미친 나그네가 어찌 이곳에 왔소?"

주생이 답했다.

"나그네가 본래 미친 것이 아니라 주인이 나그네를 미치게 한 것이라오."

배도는 그제야 미소 지으며 주생에게 사를 이어서 완성하라고 하였다.

뜰 깊은 곳에서 춘정春情이 떠들썩한데

달은 꽃나무 가지에 걸려 있고

향로에선 연기가 모락모락 피어오르네

창 안의 고운 님은 근심으로 늙을 듯

꿈에서 깨어 풀꽃 사이를 방황하네

봉래산 영주산* 열두 섬을 잘못 들어가

누가 알았으리오, 번천*이

문득 꽃다운 풀을 찾을 줄

홀연 나무에서 우는 새소리 들으며 잠에서 깨어나니

푸른 주렴에 그림자 사라지고 붉은 난간엔 새벽빛이라.

　주생이 사를 다 짓자 배도는 자리에서 일어나 약옥선*에 서하주*를
따라 주생에게 권했다. 주생은 술에 마음이 있는 것이 아니라서 사양하

상사곡相思曲　남녀 사이의 애정을 주제로 한 노래
발[簾]　가늘고 긴 대를 줄로 엮거나, 줄 따위를 여러 개 나란히 늘어뜨려 만든 물건. 여기에 구슬로
장식한 것이 주렴(珠簾)이다.
차운次韻　본래 시의 운에 맞추어 다른 시를 짓는 것
사창紗窓　비단으로 만든 창. 여자의 방을 뜻한다.
채운전彩雲牋　구름무늬가 있는 채색 종이
「접련화蝶戀花」　'나비가 꽃을 연모한다'는 뜻의 악부 제목
사詞　본래 악곡(樂曲)의 가사로 불리던 것이었으므로 곡자사(曲子詞)라고 불리었으나, 점차 '사'라고 약
칭하게 되었다. 전사(塡詞), 시여(詩餘), 의성(倚聲), 장단구(長短句), 악부(樂府)라고도 한다. 시에서는 표현
하기 곤란한 섬세한 미적 의식이나 정감을 개인의 독백 형식으로 진술하는 것이 특징이다.
봉래산 · 영주산　신선이 산다는 전설의 산
번천樊川　당나라 시인 두목(803~852년)의 호
약옥선藥玉船　돌가루를 빚어 잿물을 발라 굽고 광택이 나는 약옥(藥玉)으로 만든 술잔
서하주瑞霞酒　'상서로운 노을'이라는 뜻의 이름을 붙인 술

고 마시지 않았다. 배도는 주생의 마음을 알고 이에 처연히 자신에 대해 말했다.

"제 조상은 호족*이었습니다. 하지만 할아버지께서 천주* 시박사*에 천거되셨다가 죄로 인해 면직되어 평민이 되었습니다. 이때부터 저희 자손은 가난해져 떨치고 일어날 수가 없었으며, 저는 어려서 부모를 여의고 남의 손에 길러져 현재에 이르렀습니다. 정절과 순결을 지키고자 했으나 이름이 이미 기생 장부에 올라 부득이 다른 사람들과 즐기며 놀 수밖에 없었습니다. 한가롭게 있을 때마다 홀로 꽃을 보며 눈물을 흘렸고 달을 대하면 넋을 잃지 않은 적이 없었습니다. 지금 낭군을 뵈오니 풍채와 거동이 빼어나고 재주와 생각이 뛰어나십니다. 첩이 비록 비천하지만 원컨대 잠자리에 모신 후 영원히 시중을 들고자 합니다. 바라건 대 낭군께서 훗날 입신立身하여 일찍 요직에 오르신 뒤, 첩의 이름을 기생 장부에서 빼내어 조상의 이름을 더럽히지 않게 해 주신다면 천첩의 소원은 다한 것입니다. 그런 뒤에 비록 저를 버리고 끝내 보지 않으시 더라도 은혜를 갚을 길 없으리니 어찌 감히 낭군을 원망하겠습니까?"

배도는 말을 마치자 눈물을 비 오듯 흘렸다. 주생은 그 말에 크게 감동하여 배도의 허리를 끌어안았다. 그러고는 소매를 이끌고 눈물을 닦아 주며 말했다.

"그것은 남자가 해야 할 일이오. 그대가 말을 하지 않더라도 내 어찌

호족豪族　중앙 귀족에 버금가는 지방의 세력가
천주泉州　중국 복건성(福建省) 동남부에 있는 도시로, 옛날 해상 실크로드의 기점이었다.
시박사市舶司　해상 무역 사무를 담당한 관청

무정할 수 있겠소?"

배도는 눈물을 거두고 얼굴빛을 고치며 말했다.

"『시경詩經』에 '아낙네 잘못 없는데, 사내는 달리 대하네'•라고 하지 않았습니까? 낭군은 이익과 곽소옥의 일•을 못 보셨는지요? 낭군께서 저를 버리지 않겠다면 원컨대 맹세의 글을 써 주세요."

배도가 노호• 한 척尺을 주생에게 주자, 그는 즉시 붓을 휘둘러 썼다.

> 푸른 산이 늙지 않고 푸른 물이 영원히 존재하듯, 당신이 나를 믿지
> 못한다면 하늘에 있는 밝은 달이 알리라.

다 써서 주자 배도는 정성껏 봉해서 허리춤에 넣어 두었다.

이날 밤 「고당부」•를 읊으며 두 사람이 서로 사랑을 얻으니, 금생과 취취•, 위랑과 빙빙•의 사랑이 오히려 부족할 정도였다.

아낙네~대하네[女也不爽, 士貳其行] 『시경 · 위풍(衛風)』 「맹(氓)」에 나오는 구절
이익李益과 곽소옥霍小玉의 일 사랑하던 이익이 배신하자 곽소옥이 원한을 품고 죽는다는 내용으로 당나라 전기(傳奇) 「곽소옥전(霍小玉傳)」에 나온다.
노호魯縞 노(魯)나라 지방에서 나는 고운 명주. 노나라의 수도는 산동성(山東省) 곡부(曲阜)이다.
「고당부高塘賦」 초(楚)나라 때 송옥(宋玉)이 지은 글. 초 회왕과 무산신녀(巫山神女)의 사랑 이야기로 유명하다.
금생金生과 취취翠翠 명나라 초 구우(瞿佑)가 쓴 전기집(傳奇集) 『전등신화(剪燈新話)』에 실린 「취취전(翠翠傳)」의 주인공인 금정(金定)과 유취취(劉翠翠). 사랑하여 결혼하였으나 원나라 말엽 장사성(張士誠)의 난리 때 장사성의 부장인 이장군(李將軍)에게 유취취가 붙잡힌다. 금정은 취취를 만나기 위해 이장군의 수하로 들어가서는 남매 사이라고 속여 다시 만나지만 끝내는 죽어서야 나란히 묻히게 된다.
위랑魏郎과 빙빙娉娉 명나라 초 이정(李禎)이 쓴 전기집 『전등여화(剪燈餘話)』에 실린 「가운화환혼기(賈雲華還魂記)」의 주인공인 위붕(魏鵬)과 가빙빙(賈娉娉). 운화(雲華)는 빙빙의 자이다. 둘은 서로 사랑하지만 빙빙 부모의 반대로 이별을 하고, 결국 빙빙은 시름시름 앓다가 죽고 만다. 그로부터 2년 후 급사한 여인의 몸을 빌어 환생한 빙빙은 위랑을 만나 해로하게 된다.

선화를 엿보다

다음 날 주생이 비로소 어젯밤의 사람 소리와 말 울음소리에 대해 묻자 배도가 말했다.

"여기서 멀지 않은 곳에 붉은 대문•이 물가와 마주한 집이 있는데, 바로 옛날 승상이셨던 노盧 아무개 댁입니다. 승상은 이미 돌아가셨고, 부인•께서는 홀로 아들 한 명, 딸 한 명과 함께 계십니다. 이들은 아직 혼인하지 않았습니다. 부인께서는 날마다 춤과 노래를 일삼아서 어젯밤에는 말을 보내 저를 불렀지만, 첩은 낭군 때문에 병을 핑계 대고 거절했습니다."

이후 주생은 배도에게 빠져 세상일과 단절했다. 날마다 배도와 함께

붉은 대문[朱門] 벼슬아치의 집을 가리킨다.
부인夫人 공경대부의 부인을 높여 이르는 말. 『예기(禮記)』「곡례(曲禮)」에 '천자의 비(妃)는 후(后), 제후의 비는 부인(夫人), 대부(大夫)의 비는 유인(孺人), 사(士)의 비는 부인(婦人), 일반인의 비는 처(妻)라 한다' 하였다.

거문고를 연주하고 술을 마시며 서로 즐길 따름이었다. 하루는 정오 무렵에 갑자기 한 사람이 문 두드리는 소리가 들렸다.

"배랑은 안에 계신지요?"

배도는 심부름하는 아이에게 나가 보도록 하였는데, 문밖에는 승상 댁 노비가 있었다. 노비는 부인의 말을 전하였다.

"부인께서 '노부老婦가 이제 작은 술자리를 마련하려 하는데, 낭자가 아니면 더불어 즐길 수 없어 안장 댄 말을 보내니, 수고로이 여기지 말라' 하셨습니다."

배도가 주생을 돌아보며 말하였다.

"귀한 분의 명령을 두 번 욕되게 하였으니 감히 받들어야 하지 않겠습니까?"

그러고는 머리를 빗어 단장하고 옷을 갈아입고 나갔다.

"행여 밤을 새지는 마시오."

주생이 문밖까지 전송하며, 밤을 새지 말라고 서너 차례나 부탁하였다. 배도가 말에 올라 떠나가는데 사람은 제비처럼 가볍고 말은 용처럼 날듯이 달려 점점 아스라이 사라졌다.

주생은 마음을 안정시킬 수 없어 뒤를 따라갔다. 용금문•으로 나와서 왼쪽으로 돌아 수홍교•에 이르니 과연 구름까지 닿을 듯한 높은 집이 있었다. 이곳이 바로 물가에 있는 붉은 대문 집이었다. 아름답게 장식된 난간이 구불구불 이어져 푸른 버드나무와 붉은 살구나무 사이에 반쯤 숨어 있었다. 아름다운 생황과 피리 소리가 허공에 아득히 떠도는 듯하고, 때때로 음악이 멈추면 낭랑한 웃음소리가 집 밖으로 흘러나왔다. 주생은 다리 위를 방황하다가 고풍시• 한 수를 지어 기둥에 적었다.

버드나무 숲 밖 고요한 호숫가에 누각이 있으니

비췻빛 용마루와 푸른 기와, 푸른 봄날에 빛나네

향기로운 바람이 웃음소리를 보내는데

꽃에 가려 누각 안의 사람은 보이지 않네

부럽도다, 꽃 사이에서 노니는 한 쌍의 제비

마음대로 주렴 안으로 날아드네

배회하며 차마 돌아서지 못하는데

석양에 물든 고운 물결은 나그네 시름 더하는구나.

주생이 방황하는 사이에 석양은 점점 붉음을 거두고 어둑어둑한 기운이 푸르스름해졌다. 잠시 후 여자들 한 무리가 말을 타고 붉은 문으로 나왔다. 화려한 안장과 재갈의 광채가 번쩍였다. 주생은 배도라고 생각하여 길가 빈 가게로 몸을 숨기고 엿보았다. 그런데 십여 명을 살펴봤지만 배도는 나오지 않았다. 주생이 속으로 매우 이상하게 여기며 다리 밑으로 돌아왔더니, 이미 소인지 말인지 구별할 수 없을 정도로 날이 어두워졌다.

주생은 바로 붉은 대문으로 들어갔으나 한 사람도 보이지 않았다. 누각 아래에도 가 보았으나 역시 아무도 없었다. 배회하는 사이에 달빛이 희미하게 밝아 와 누각 북쪽에 연꽃 핀 못이 보였다. 연못가에는 여러 꽃이 뒤덮여 있었고 꽃들 사이에 작은 길이 구불구불 나 있었다. 주생

용금문湧金門 항주의 서문
수홍교垂虹橋 '무지개가 드리운 듯한 모양의 다리' 라는 뜻이다.
고풍시古風詩 당나라 이전에 나온 시 형식으로서 압운(押韻)과 정형률(定型律)은 있지만 평측(平仄)은 없다.

이 길을 따라 몰래 들어가니 꽃길이 끝난 곳에 집이 있
었다. 계단을 올라 서쪽으로 돌아서 수십 걸음을 가니
멀리 포도 넝쿨이 덮인 시렁 아래 방이 보였다. 집은 자그마
하면서 매우 화려했는데, 사창은 반쯤 열려 있었으며 화촉華燭이
환하게 빛나고 있었다. 촛불 아래 붉은 치마와 푸른 저고리를 입
은 여자들이 은은히 오가는 것이 그림 같았다.

　주생은 몸을 숨기고 다가가 숨을 죽이고 엿보았다. 금빛 병풍과
고운 빛깔의 요는 사람의 눈을 멀게 할 정도였
다. 한 부인이 자줏빛 비단 적삼을 입고 백옥 서
안에 비스듬히 기대 앉아 있었는데 쉰 살쯤 되어
보였다. 느긋하게 돌아보는 모습에는 아리따운
자태가 남아 있었다. 나이가 열네다섯 정도 되는 한
소녀가 부인 옆에 앉아 있었는데 머릿결은 구름같이 푸르
고 취한 듯한 뺨에는 붉은 빛이 감돌았다. 맑은 눈동자로 살며시
흘겨보는 모습은 흐르는 물결에 비치는 가을 달과 같았으며 아리
따운 미소에 보조개가 있어 봄꽃이 새벽이슬을 머금은 듯했다. 배
도는 그 사이에 앉아 있었는데 봉황에 올빼미 같았고 옥구슬에 모
래나 자갈 같았다. 주생의 넋은 구름 밖으로 날아가고
마음은 허공에 떠, 여러 번 미친 듯 소리치며
뛰어 들어갈 뻔하였다.

술이 한 차례 돌고 배도가 돌아가려 하자 부인이 매우 완고하게 만류하였다. 배도가 더욱 간절하게 청하자 부인이 말하였다.

"낭자가 평소에 이와 같은 적이 없었는데 어찌하여 이렇듯 서둘러 가려 하는가? 사랑하는 사람과 약속이라도 있는가?"

배도가 옷깃을 여미며 대답하였다.

"부인께서 물으시니 감히 사실대로 대답하지 않을 수 있겠습니까?"

그러고는 주생과 인연 맺은 일을 자세히 말하였다. 부인이 미처 답하기 전에 소녀가 미소를 띠고 배도를 흘겨보면서 말하였다.

"왜 일찍 말하지 않았어요? 하룻밤의 좋은 만남을 그르칠 뻔하였군요."

부인 또한 웃으며 돌아가라고 허락하였다.

주생은 재빨리 달려 나와 먼저 배도 집에 도착하였다. 이불을 덮고 거짓으로 자는 체하며 우레같이 코를 골았다. 배도가 뒤따라 도착하여 주생이 누워 자는 것을 보고 손으로 부축하여 일으키며 말하였다.

"낭군께서는 무슨 꿈을 꾸고 계십니까?"

주생이 응답으로 시를 읊었다.

꿈에 오색구름 속 요대*에 들어가
구화장* 속 선아仙娥를 만났노라.

배도가 기뻐하지 않으며 따졌다.

"선아라 이른 것은 누구입니까?"

주생이 대답할 말이 없어 바로 이어 읊었다.

꿈에서 깨어나니 기쁘구나, 선아가 옆에 있네

이 집에 가득한 꽃과 달을 어이하리오?

그러고는 배도의 등을 어루만지며 말하였다.

"그대가 나의 선아가 아니겠는가?"

배도가 웃으며 말하였다.

"그렇다면 낭군은 저의 선랑仙郎이 아니겠어요?"

이때부터 서로 선랑, 선아라고 불렀다. 주생이 늦게 온 이유를 묻자 배도가 답하였다.

"연회가 끝난 뒤 부인이 다른 기녀들은 모두 돌아가게 했는데 유독 저만 딸 선화仙花의 방에 머물게 하였습니다. 그리고 다시 작은 술자리를 베푸는 바람에 조금 늦었지요."

주생이 자세히 묻자, 배도가 덧붙였다.

"선화의 자는 방경芳卿이요, 나이는 이제 열다섯입니다. 자태가 우아하고 수려하여 거의 속세의 사람이 아닌 것 같지요. 또 사곡*을 잘하며 자수에 솜씨가 있어 천한 제가 감히 바라볼 사람이 아닙니다. 어제 「풍입송」*의 가사를 새로 지어 연주하고 싶어 했는데, 제가 음률을 알기에 머물러 곡을 연주하게 했던 것입니다.

요대瑤臺　서왕모(西王母)가 산다는 요지(瑤池)에 있는 누대(樓臺)
구화장九華帳　여러 가지 꽃무늬를 수놓은 아름다운 휘장
사곡詞曲　가사에 곡을 붙인 고악부와는 달리 악보에 가사를 맞춘 것으로서 음악적 요소를 중시한다.
「풍입송風入松」　'바람이 소나무에 분다'는 뜻의 악부 제목

"그 가사를 들을 수 있는가?"

이에, 배도가 낭랑히 한 편을 읊었다.

꽃 핀 옥창玉窓에 따스한 봄날 더딘데
담 안은 고요하고 주렴이 드리워 있네
모랫가 청둥오리에 지는 햇빛 비추니
봄날 연못에서 목욕하는 한 쌍 부러워하네
버드나무 숲 밖엔 안개가 옅게 어려 있고
안갯속 가는 버들은 가닥가닥 늘어져 있네.

미인이 잠에서 깨어 난간에 기댈 때
비췻빛 뺨에 근심 어린 눈썹이로다
제비 새끼는 재잘대고 꾀꼬리 소리는 시끄럽네
젊은 시절이 꿈속에서 모두 쇠하였음을 한하며
옥으로 꾸민 거문고 잡고 가볍게 타지만
곡 가운데 그윽한 원망은 누가 알겠는가.

한 구절을 욀 때마다 주생은 속으로 그 빼어남을 칭찬하며 배도에게 말하였다.

"이 가사는 규방의 봄날 시름을 곡진하게 표현하였군. 소약란*의 비단 짜던 손이 아니면 쉽게 이르지 못할 정도요. 하지만 그조차 꽃을 새기고 옥을 깎는 듯한 선아의 재주에는 미치지 못하도다."

그러나 선화를 본 뒤로는 배도를 향한 주생의 정이 옅어졌다. 술잔을 주고받을 때에도 억지로 웃으며 기뻐할 뿐 마음속에는 오직 선화에 대한 생각뿐이었다.

소약란蘇若蘭 동진(東晋) 때 두도(竇滔)의 아내. 이름은 혜(蕙)이며 글을 잘 지었다. 남편 두도가 부견(符堅) 때 진주 자사(秦州刺史)로 있다가 사막으로 유배를 당하자, 소약란이 남편을 그리워하며 회문선도시(廻文旋圖詩)를 비단으로 짜서 보냈는데, 글이 서글펐다고 한다. 『진서(晉書)』 권96 「두도처소씨(竇滔妻蘇氏)」에 실려 있다.

담 넘어 선화에게

하루는 부인이 아들 국영國英을 불러 명하였다.

"네 나이가 열두 살인데 아직 학업에 나아가지 않고 있으니 훗날 성인이 되어 어찌 자립하겠느냐? 듣자 하니 배도의 남편인 주생이 글을 잘하는 선비라 하니 네가 가서 배우고 싶다고 청하는 것이 좋겠다."

부인의 가법家法은 매우 엄하였다. 국영은 감히 명을 어기지 못하고 그날 곧바로 책을 끼고 주생에게 갔다. 주생은 남몰래 마음속으로 기뻐하며 '일이 되어 가는구나' 생각하고는, 두세 번 겸손히 사양하다가 국영을 가르치기로 하였다.

어느 날 배도가 집에 없는 때를 기다렸다가 주생이 조용히 국영에게 말하였다.

"네가 오가며 배우느라 매우 고생이 많구나. 만약 너의 집에 별채가 있다면 내가 너의 집으로 옮기는 것이 어떠냐. 그러면 왕래하는 수고가 없을 것이고 나는 가르치는 데 전념할 수 있을 것이다."

그러자 국영이 절을 하고 감사해하였다.

"감히 청하지 못했지만 진실로 바라는 바입니다."

국영은 집에 돌아와 부인께 아뢰고 그날 바로 주생을 맞아들였다. 배도가 밖에서 돌아와 크게 놀랐다.

"선랑께서 분명 사심이 있으신 거로군요? 어찌하여 저를 버리고 다른 곳으로 가십니까?"

"승상의 집에 장서藏書가 삼만 권이라 들었소. 그러나 부인이 선공先公의 유물이라 하여 함부로 내고 들이지 않으려 한다 하오. 세간에서 보지 못했던 책들을 가서 보려 하는 것뿐이오."

주생이 답하자 배도가 말하였다.

"낭군께서 학업에 힘쓰시는 것은 첩의 복입니다."

주생은 승상의 집으로 옮겨 가 머물렀다. 낮이면 국영과 함께 지냈지만 밤에는 문이 굳게 잠겨서 선화를 어떻게 해 볼 도리가 없었다. 열흘이나 전전긍긍하다 주생이 혼자서 되뇌었다.

"본래 선화를 취해 보려고 여기 온 것이다. 꽃 피는 봄이 벌써 끝나 가는데 기이한 만남은 이루어지지 않는구나. 황하가 맑아지기를 기다리자니* 사람 목숨이 얼마나 되랴. 어둔 밤에 불쑥 찾아가는 게 차라리 낫겠다. 일이 되면 좋고, 안 되면 죽는 거지."

달빛이 없는 이날 밤, 주생은 담장을 몇 차례 넘어 비로소 선화의 방

황하가~기다리자니　바라는 일이 실현 불가능하거나 이루어지기 어려움을 비유한다. 『좌전(左傳)』 양공(襄公) 8년 기사에 실린 주나라 시에 '황하가 맑아지길 기다리자면 인간 수명이 얼마런가(俟河之淸, 人壽幾何)'라는 구절에서 유래하였다.

에 이르렀다. 구불구불한 복도와 난간에 주렴과 장막이 겹겹이 드리워 있었다. 주생이 오랫동안 살펴보아도 아무 인적이 없고, 다만 선화가 촛불을 밝히고 악곡을 타는 모습만 보였다. 주생이 난간에 웅크리고 그 소리를 들었다. 선화가 악곡을 연주하고 나서 작은 소리로 소약란의 「하신랑」• 사곡을 읊었다.

주렴 밖에 누가 와서 사창을 흔드나
그릇되게 요대 꿈을 깨게 하더니
아아, 바람이 대나무를 두드림이런가.

주생이 주렴 아래로 나아가 살며시 읊었다.

「하신랑賀新娘」 '새 아씨를 칭송한다'는 뜻의 악부 제목

바람이 대나무를 두드린다고 말하지 마오
정말 아름다운 사람이 온 것이라오.

선화는 못 들은 양 촛불을 끄고 잠자리에 들었다. 주생은 안으로 들어가 선화와 동침을 하였다. 선화는 나이가 어리고 몸이 약한 데다 정사情事를 겪어 본 적도 없었는데, 옅은 구름이 끼고 촉촉한 비가 내리듯 버들 같은 자태와 꽃다운 교태가 있었다. 향기롭게 흐느끼고 부드럽게 속삭이며, 살짝 미소 짓기도 하고 가볍게 찡그리기도 하였다. 주생은 벌이 꿀을 탐하고 나비가 꽃을 사랑하듯이 정신이 미혹되었다. 또한 마음이 녹아 새벽이 가까와 온 것도 깨닫지 못했다.

문득 난간 앞의 꽃가지에서 꾀꼬리가 날아다니며 맑게 지저귀는 소리가 들렸다. 주생이 놀라 일어나 방문을 열고 나오니, 연못 곁의 별채는 조용하고 새벽안개가 어슴푸레하였다. 선화가 주생을 보내려고 나섰다가 갑자기 문을 닫고 들어가며 말했다.

"차후로는 다시 오지 마십시오. 이 은밀한 일이 한 번 새어 나가면 생사가 염려스럽습니다."

주생이 가슴이 막히고 목이 메어 급히 다가가 말하였다.

"겨우 좋은 인연을 이루었는데, 어찌하여 이처럼 야박하게 대하오?"

그러자 선화가 웃으며 답했다.

"앞말은 농담입니다. 노여워 마시고 밤을 기약하세요."

주생이 '좋소, 좋소' 소리를 거듭하며 갔다. 선화가 방에 돌아와 「초여름 새벽 꾀꼬리 소리를 듣다早夏聞曉鶯」라는 절구 한 수를 지어 창 위에 썼다.

> 비 갠 하늘에 옅은 안개 아득히 피어오르니
> 푸른 버들은 그림 같고 풀은 돗자리 같네
> 봄날 시름은 봄과 함께 돌아가지 않고
> 다시금 새벽 꾀꼬리 따라 베갯머리로 오네

그날 밤 주생이 또 선화에게 갔는데 문득 담장 아래 나무 그늘 속에서 스윽스윽 신발 끄는 소리가 났다. 주생이 다른 사람에게 발각된 것이 아닌가 두려워 곧바로 돌아서 달아나려 하였다. 그런데 신발 소리를 낸 자가 푸른 매실을 던져서 주생의 등을 정확히 맞췄다. 낭패롭게도 달아날 곳이 없어 주생이 대숲 속에 납작 엎드리자 신발 소리를 낸 자가 낮은 소리로 말했다.

"장랑은 두려워 마세요. 앵앵•이 여기 있습니다."

주생이 비로소 속은 것을 알고 바로 일어나 선화의 허리를 끌어안았다.

"어찌 사람을 이렇게 속일 수가 있소?"

그러자 선화가 웃으며 말했다.

"어찌 감히 낭군을 속이겠습니까? 낭군 스스로 겁먹은 것뿐이지요."

"향을 훔치고 옥을 도적질하였으니• 어찌 겁이 나지 않겠소?"

주생이 답하며 선화의 손을 잡고 방으로 들어갔다. 그러고는 창 위의 시를 보고 마지막 구절을 가리키며 물었다.

"아름다운 그대가 무슨 근심이 있어서 이 같은 글을 쓴 것이오?"

선화가 근심스레 답했다.

"여자의 한 몸은 근심과 더불어 일생을 보냅니다. 임을 만나기 전에는 서로 만나기를 원하고, 만나고 나서는 헤어질까 두려워하지요. 여자의 몸이 어디에 간들 근심이 없겠어요. 더욱이 낭군은 박달나무를 부러뜨렸다•는 기롱을 범하였고, 첩은 길가 이슬•을 범했다는 욕을 받겠지요. 불행히도 어느 날 우리의 애정 행각이 드러난다면 친척들에게 용납

장랑張郎·앵앵鶯鶯　「회진기(會眞記)」, 일명 앵앵전(鶯鶯傳)에 나오는 남녀 주인공의 이름. 이 작품을 본뜬 「서상기(西廂記)」의 주인공들 이름도 장랑과 앵앵이다.
향을~도적질하였으니　남녀가 사사로이 정을 통함을 뜻한다. 진(晉)나라 가충(賈充)의 딸이 아버지의 귀한 향을 훔쳐서 미남인 한수(韓壽)에게 주고 정을 통한 고사와 서한(西漢)의 사마상여(司馬相如)가 부자 탁왕손(卓王孫)의 딸이자 과부인 탁문군(卓文君)의 마음을 흔들어 같이 도망하여 살았다는 이야기에서 유래한다.
박달나무를 부러뜨렸다[折檀]　「시경·정풍(鄭風)」「장중자(將仲子)」에 나오는 말로, 남의 집 담장을 넘어가 처녀의 정조를 빼앗는다는 뜻이다.
길가 이슬[行露]　「시경·소남(召南)」「행로(行露)」에 나오는 말로, '길가 이슬을 범했다'는 것은 이른 새벽이나 밤늦게 남 몰래 남자와 만나느라 옷에 이슬이 묻었다는 의미이다.

되지 못할 것이요, 마을 사람들에게 천대를 받을 것입니다. 그러니 비록 낭군과 손을 맞잡고 해로하려 한들 어찌 이룰 수 있겠어요? 오늘 우리의 일은 구름 속의 달이요, 잎 속의 꽃과 같습니다. 비록 한때 즐거웠으나 오래가지는 못할 테니 어쩌겠어요?”

선화는 말을 마치고 눈물을 흘리며 자못 감당할 수 없이 한스러워하였다. 이에 주생이 눈물을 닦아 주며 위로하였다.

“장부가 어찌 한 여자를 거두지 못하겠소? 내 마땅히 중매를 통해 혼약을 맺어서 예를 갖춰 당신을 맞을 테니 근심하지 마시오.”

선화가 눈물을 거두고 고마워하였다.

“낭군의 말씀과 같다면, 복숭아나무 어여삐 활짝 피는 것*이지요. 비록 가정을 화목하게 하는 덕이 부족하나마, 마름 따길 수북이 하여* 제사 받드는 정성을 다하겠습니다.”

선화가 화장대에서 조그만 손거울을 꺼내 두 조각으로 나누었다. 그리고 하나는 자신이 지니고 하나는 주생에게 주면서 말했다.

“동방의 화촉*을 밝히는 밤까지 지니고 기다리다가 다시 합쳐야 하겠습니다.”

선화가 또 비단 부채를 주생에게 주며 말했다.

복숭아나무~피는 것[桃夭灼灼] 『시경·주남(周南)』「도요(桃夭)」에 실린 '복숭아나무의 어여쁨이여, 꽃이 활짝 피었네. 이 아가씨의 시집감이여, 그 가정을 화순하게 하리로다[桃之夭夭, 灼灼其華, 之子于歸, 宜其室家]'의 구절에서 온 말이다.
마름~하여[采蘋祁祁] 『시경·빈풍(豳風)』「칠월(七月)」 등에 나오는 구절. 마름 따는 것이 제사 지내기 위함이라는 것은 『시경·소남』「채번(采繁)」에 나온다.
동방洞房의 화촉 '부인 방의 아름다운 촛불을 밝힌다'는 말은 신랑이 신부의 방에서 첫날밤을 지내는 일을 뜻한다.

"이 두 가지 물건이 비록 보잘것없으나 족히 제 마음을 드러낸 것입니다. 바라노니, 난새를 탄* 소녀를 생각하시어 가을바람*을 원망치 않도록 해 주십시오. 또 제가 비록 항아*의 모습을 잃더라도 밝은 달의 광채를 어여삐 여기셔야만 합니다."

이때부터 둘은 어두우면 만나고 밝으면 헤어지기를 하루도 거르지 않았다.

배도의 질투

어느 날 주생은 배도를 오랫동안 보지 않았다는 생각에 그녀가 낌새를
챌까 봐 걱정되었다. 그리하여 그날은 배도의 집으로 가서 돌아오지 않
았다. 선화가 밤에 주생의 거처로 갔다가 그의 주머니를 몰래 열어 보
고는 배도가 주생에게 준 사詞 몇 편을 보았다. 선화는 노여움과 질투를
이기지 못해 책상 위에 있는 붓과 먹으로 글을 새까맣게 칠해 버렸다.
그리고 손수 「한아창」•이라는 노래 한 수를 지어 푸른 비단에 써서, 주
머니 속에 던져 놓고 나왔다. 노래는 이러했다.

　　창밖에 성근 반딧불 사라졌다 흐르고
　　비낀 달빛은 높은 다락에 걸렸네

「한아창恨兒唱」 '한탄하는 이의 노래'라는 뜻의 악부 제목

섬돌을 스치는 댓잎 소리

주렴 가득 오동나무 그림자

밤은 적막하고 사람은 수심에 찼네.

지금 탕자는 소식이 없으니

어디서 한가롭게 노닐고 있을까

분명 나를 생각지 않으리니

이별의 정이 끊이지 않아

앉아서 시간만 세고 또 세네.

다음 날 주생이 돌아왔다. 선화는 투기와 원망의 빛을 띠지 않았고, 주머니를 열어 본 일도 말하지 않았다. 이는 주생이 스스로 부끄러움을 느끼게 하려는 것이었으나 그는 별다른 생각 없이 태연했다.

하루는 부인이 잔치를 열어 배도를 불렀다. 그리고 주생의 학문과 덕행德行을 칭찬하고 부지런히 자식을 가르쳐 준 것에 감사하면서 주생에게 그 마음을 전해 달라고 하였다. 주생은 이날 밤 술을 마시고 곤하여 정신을 차리지 못하였다. 배도는 홀로 앉아 잠을 이루지 못하고 있다가 우연히 주생의 주머니를 열어 보았다. 그리고 자기가 준 사가 까맣게 먹칠된 것을 보고 자못 의심이 들었다. 그런데다 「한아창」 사를 발견하고는 선화가 한 짓임을 알았다. 배도는 몹시 화가 나서 그 사를 꺼내어 소매 속에 넣고 주머니 입구는 예전처럼 매어 두었다. 그리고 앉아서 아침이 되기를 기다렸다. 주생이 술에서 깨어나자 배도가 찬찬히 물었다.

"낭군이 이곳에 있은 지가 오래되었는데 돌아오시지 않는 건 어째서
입니까?"

"국영이 아직 학업을 다 마치지 못했기 때문이오."

"첩실의 동생을 가르치니 온 힘을 쏟지 않을 수 없겠죠."

주생이 부끄러움으로 고개를 돌리며 벌개져서 말했다.

"그게 무슨 말이오?"

배도가 한참 말을 않으니 주생이 당황하여 어찌할 줄을 모르고 방바
닥만 내려다보고 있었다. 이윽고 배도가 선화의 시를 꺼내어 주생 앞에
다 던졌다.

"담을 넘어 상종하고 구멍을 뚫어 엿보는 것*이 어찌 군자가 할 짓입
니까? 제가 부인께 고하렵니다."

배도가 곧바로 몸을 일으키자 주생이 황망히 그녀의 허리를 끌어안
고 사실대로 고하였다. 그리고 머리를 조아려 애걸하였다.

"선아와 나는 영원히 꽃다운 약속을 맺었는데 어찌 차마 나를 사지死地
로 몰아넣으려 하오?"

배도가 마음을 돌려 말했다.

"낭군께선 첩과 함께 바로 돌아가셔야 마땅합니다. 그렇게 하지 않는
다면 낭군께서 약속을 저버리는 것이니 첩인들 어찌 맹세를 지킬 수 있
겠습니까?"

주생은 부득이 다른 핑계를 대고 다시 배도의 집으로 돌아왔다. 배도
는 주생과 선화의 일을 안 뒤로부터 못마땅하여 다시는 주생을 선랑이
라고 부르지 않았다. 주생은 오로지 선화를 생각하느라 날이 갈수록 초
췌해졌다. 병을 핑계 대고 자리에서 일어나지 않은 것도 이십여 일이나

되었다.

그러다가 별안간 국영이 병으로 죽게 되었다. 주생이 제물祭物을 갖추고 가서 국영의 관 앞에 올렸다. 선화 또한 주생 때문에 병이 들어서 움직이려면 타인의 도움을 받아야 했다. 그러다 주생이 왔다는 말을 듣고 억지로 자리에서 일어나 엷게 화장을 하고 소복 차림으로 홀로 발 안쪽에 서 있었다. 주생이 제례를 마치고 멀리 선화를 보며 눈짓으로 정을 보냈다. 하지만 나가다가 다시 돌아보았을 때에는 이미 선화의 모습은 묘연히 보이지 않았다.

담을~엿보는 것 『맹자(孟子)』「등문공하(滕文公下)」에 실린 '부모의 명과 중매인의 말을 기다리지 않고 구멍을 뚫어 엿보고 담을 넘어 상종한다면 부모와 나라 사람들이 모두 천하게 여길 것이다[不待父母之命, 媒妁之言, 鑽穴相窺, 踰墻相從, 則父母國人皆賤之]'에서 온 말

배도의 죽음

몇 개월 후 배도도 병이 들어 일어나지 못했다. 그러다가 죽음에 임박해서 주생의 무릎을 베고 눈물을 머금으며 말했다.

"저는 순무나 무•의 몸으로 송백松柏의 그늘에 의지하였습니다. 그런데 어찌 꽃다운 맹세가 다하기도 전에 두견새가 먼저 울 줄• 알았겠어요? 이제 곧 낭군과는 영원히 이별합니다. 비단옷과 음악도 이제 끝이 났으며 오랜 인연 또한 이미 어그러졌습니다. 제가 죽은 뒤 선화를 배필로 맞이하고 저의 유골을 왕래하는 길옆에 묻어 주시기만을 바라겠습니다. 그러면 비록 죽은 뒤라도 생시와 다름이 없을 것입니다."

순무나 무[葑菲] 보잘것없는 사람을 비유한다. 『시경·패풍(邶風)』 「곡풍(谷風)」에 실린 '순무를 캐고 무를 캐는 것은 뿌리 때문만은 아니라네[采葑采菲, 無以下體]'에서 온 말이다.
두견새가~울 줄 굴원(屈原)의 「이소(離騷)」에 실린 '두견새가 먼저 울까 걱정이네, 온갖 풀이 향기롭지 못하게 될 테니까[恐鵜鴂之先鳴兮, 使夫百草爲之不芳]'라는 구절에서 나온 말. 제계(鵜鴂)는 두견새라고도 하고 때까치라고도 하는데, 이 새가 춘분에 앞서 미리 울면 초목이 시든다는 속설이 있다.

말을 마치고 기절했다가 한참 뒤에 깨어나 다시 눈을 뜨고 주생을 보며 말했다.

"주랑周郎이여! 주랑이여! 부디 몸 보중하세요."

배도는 이 말을 몇 번이나 되뇌더니 죽어 버렸다. 주생은 크게 통곡하고 호숫가 큰길 옆에 장사 지내고 소원대로 해 주었다. 이어 제문을 지어 말했다.

유세차維歲次 모년 모월 모일, 매천거사梅川居士(주생의 호)는 초황과 여단˙으로 배랑 영靈께 제사를 올립니다.

아! 영령이시여. 꽃처럼 아름다운 정신이요 달처럼 유연한 자태러라. 춤은 장대지류˙를 배워 바람에 나부끼는 푸른 비단 같았고, 미모는 골짜기에서 핀 난초를 압도하니 이슬에 젖은 붉은 꽃이었습니다. 회문˙은 소약란이 독점하지 못하고, 미모 또한 가운화˙가 이름을 다투기 어려울 것입니다. 이름은 비록 기생 장부에 올라 있지만 뜻은 언제나 정절에 두고 있었습니다.

저는 바람 속의 버들개지 같은 호탕한 정으로 물 위의 부평초같이 외롭게 다녔습니다. 그러다가 말향의 새삼을 캐어서˙ 좋은 인연을 맺고, 동문의 버드나무˙를 저버리지 않아 잊지 않고 부합하였습니다. 달빛이 환하게 비출 때 구름 낀 창가의 밤은 고요했고, 꽃다운 약속을 할 때 화원의 봄은 맑았습니다. 좋은 술을 마시며 생황으로 여러 곡조를 연주했는데 어찌 시간이 흘러서 즐거움이 다하여 슬픔이 일어날 줄 알았겠습니까?

푸른 빛 이불이 따뜻해지기도 전에 원앙의 꿈이 먼저 깨어졌습니다. 즐거운 마음이 구름처럼 사라지고 은혜로운 정이 비처럼 흩어졌습니다. 눈을 드니 비단 치마는 빛이 바랬고, 귀를 대니 패옥佩玉 소리도 사라졌습니다. 한 조각 노호의 향기는 여전히 남아 있는데 붉은 거문고와 푸른 옷은 그대의 은상銀床에 덩그러니 놓여 있습니다. 또한 남교*의 옛집은 홍랑*에게 맡겼습니다.

아! 가인佳人은 얻을 수 없고 목소리는 잊을 수가 없도다. 옥 같은 자태와 꽃 같은 얼굴이 눈에 완연하네. 하늘과 땅처럼 장구하게 나의 한恨은 망망하도다. 타향에서 짝을 잃었으니 누구를 의지하리오? 옛날과 같이 배를 타고 다시 오던 길을 나아가리니, 호수와 바다는 넓고 하늘과 땅은 우뚝 솟아 있도다. 만 리 길을 돛단배를 타고 간들 누구에게 의지하리오? 훗날 한번 보려 해도 드넓어서 기약하기 어

초황蕉黃과 여단荔丹   초황은 바나나, 여단은 붉은 과일이다. 당나라 한유(韓愈)가 유종원(柳宗元)을 위해 지은 「유주나지묘비(柳州羅池墓碑)」의 '빨간 여단과 노란 바나나를, 여러 안주와 채소와 함께 후의 사당에 올리노라[荔子丹兮蕉黃, 雜肴蔬兮進侯堂]'라는 구절에서 비롯되었다.

장대지류章臺之柳   '장대에 심은 버들'이란 뜻으로 기생을 비유적으로 이르는 말. 장대는 중국 장안(長安)에 있던 누대인데 번화가 또는 화류항(花柳巷)을 가리킨다.

회문回文   처음부터 읽으나 끝에서부터 읽으나 뜻이 통하는 시. 소약란과 비교하는 것은 아래 주석에 나오는 「가운화환혼기」의 표현을 빌린 것이다.

가운화賈雲華   「가운화환혼기」의 여주인공. 그녀의 외모에 대한 표현은 다음과 같다. '안색은 복사꽃이 물에 비친 듯하고, 자태는 구름이 새벽 해를 맞는 듯하다. 손가락은 가늘게 옥을 깎아 놓은 듯하고, 귀밑머리는 하늘거리는 실을 묶은 듯하다.'

말향의~캐어서   남녀가 인연 맺는 것을 뜻한다. 『시경·용풍(鄘風)』「상중(桑中)」에 실린 '이에 새삼을 캐기를, 말향에서 하도다[爰采唐矣, 沫之鄉矣]'에서 나온 말

동문의 버드나무   『시경·진풍(陳風)』「동문지양(東門之楊)」에서 나온 구절이다. 남녀가 만나기로 약속하였는데 약속을 저버리고 오지 않기에, 보이는 경치를 읊어 흥을 일으킨 시다.

남교藍橋   배도가 살았던 곳을 비유적으로 이르는 말. 당나라 배형(裴鉶)이 지은 『전기(傳奇)』의 「배항(裴航)」에 나오는 장소. 당나라 때 배항(裴航)이 같은 배를 탄 아름다운 운교부인(雲翹夫人)에게 애정을 호소하였다. 운교는 자기는 이미 결혼한 몸이고, 남교로 가면 자기 동생 운영(雲英)을 만날 수 있다는 시를 주었다. 배항은 남교로 가서 운영을 만나 선경(仙境)으로 들어갔다.

홍랑紅娘   시비의 이름인 듯하다.

렵도다. 산에는 구름이 돌아오고 강에는 물결이 돌아오는데, 임께서 가신 뒤 어찌 이리 적막한가? 술로 제사를 지내고 글로 내 마음을 펴노라. 바람을 맞으며 제사를 지내니 꽃다운 혼은 받으시오. 상향*.

주생은 제사를 마친 뒤 여종들과 이별하며 말했다.

"집을 잘 지키고 있거라. 내가 뒷날 뜻을 이루면 반드시 너희들을 거두리라."

이에 여종이 울면서 말했다.

"저희는 주인 낭자를 어머니처럼 받들었으며, 주인 낭자는 저희를 자식처럼 여겼습니다. 저희들의 팔자가 기박하여 주인 낭자께서 일찍 돌아가셨으니, 다만 이 마음을 믿고 위로해 주실 분은 오로지 낭군뿐이십니다. 이제 낭군께서도 떠나신다니 저희는 누구를 의지해야 합니까?"

곡소리가 그치지 않자 주생은 거듭 위로하며 눈물을 뿌렸다. 배에 올랐으나 차마 노를 저어 떠나갈 수가 없었다.

그날 밤 주생은 수홍교 아래에서 자면서 선화의 집을 바라보았다. 마을 사이에서 은촛불이 깜박이고 있었다. 하지만 아름다운 만남은 이미 끝났다고 생각하였다. 주생은 다시 볼 인연이 없음을 탄식하며 「장상사」* 한 곡을 읊었다.

꽃에도 안개 자욱하고 버들에도 안개 가득
은밀한 소식 봄빛이 전해 주리라 여겼더니
녹창에서 깊이 잠드셨네

좋은 인연이 곧 나쁜 인연이라

새벽 정원에 은촛불만 아련하고

구름 낀 물가로 배가 다시 돌아가네.

　주생은 새벽이 이르도록 깊이 생각했다. 떠나려니 선화와 영원히 이별할 것 같고, 머물자니 배도와 국영이 이미 죽었기 때문에 의탁할 곳이 없었다. 백번 생각해 보아도 방법이 떠오르지 않았다. 날이 밝으매 어쩔 수 없이 노를 저어 나아가니 선화의 집과 배도의 무덤이 눈에서 점점 멀어졌다. 배는 산을 돌아 강물에 굽어 흘러가더니 어느덧 멀어졌다.

상향尙饗　차린 음식을 신명께서 드시기를 바란다는 뜻으로, 제문 마지막에 쓰는 문구이다.
「장상사長相思」　'오랫동안 항상 그리워한다'는 뜻의 악부 제목

주생과 선화의 정혼

주생 어머니의 친척인 장노인張老人은 호주●의 갑부이며 평소에 친척들
과 화목하게 지냈다. 주생이 의탁하러 가 보니 장노인이 후하게 대접해
주었다. 주생은 몸은 비록 편안했지만 선화에 대한 그리움이 갈수록 깊
어졌다. 이렇듯 선화 생각으로 잠을 이루지 못하는 사이에 벌써 봄이
돌아왔다. 때는 만력● 20년 임진년壬辰年(1592년)이었다.

　장노인은 주생의 초췌한 용모를 보고 괴이하게 여겨 물었다. 주생은
감히 숨기지 못하고 사실대로 아뢰었다. 장노인이 말했다.

　"너에게 그런 마음이 있었다면 왜 일찍 말하지 않았느냐? 내 처가는
노승상盧丞相 댁과 대대로 혼인했던 집안이다. 내 마땅히 너를 위해 혼
사를 시도해 보겠다."

　다음 날 장노인은 아내에게 편지를 쓰게 하고 하인을 전당에 보내어
혼인을 의논했다.

　선화는 주생과 이별한 뒤 침상에서 기운 없이 지내더니 아름다운 얼

굴이 초췌해졌다. 부인 또한 딸의 병이 주생 때문인 것을 알고 그 뜻을 이루어 주고 싶었다. 하지만 주생이 이미 떠난 뒤라 어찌할 도리가 없었다. 그러던 차에 노씨의 편지를 받았으므로 온 집안이 놀라고 기뻐했다. 선화 또한 힘을 내어 침상에서 일어났다. 머리를 빗고 세수를 하니 예전의 모습과 같아져 9월에 결혼하기로 굳게 약속하였다.

주생은 매일 포구에 나가 하인이 돌아오기를 기다렸다. 채 10일이 못 되어 하인이 돌아왔고 정혼한 사실을 전하였다. 또 선화의 편지를 주생에게 주었다. 편지를 열어 보니 분 향기와 눈물 흔적이 있어 선화의 슬픔과 애환을 짐작할 수 있었다. 편지의 내용은 이러하였다.

박명한 첩 선화는 머리를 감고 몸을 깨끗이 하여 주랑께 글을 올립니다.

첩은 본래 허약한 체질로 깊은 규방에서 자라났습니다. 청춘이 빨리 지나가는 것을 생각할 때마다 늘 거울을 가리고 스스로 탄식했습니다. 비록 운우*의 꽃다운 마음을 품었어도 사람을 대할 때면 부끄러워했지요. 길 언덕의 버드나무를 보면 춘정이 일어났고, 나뭇가지 위에서 우는 꾀꼬리 소리를 들으면 새벽녘 그리움에 정신이 몽롱했답니다. 어느 날 아침, 호랑나비가 뜻을 전하고 신선 세계의

호주湖州 중국 절강성(浙江省) 북부, 전당의 북쪽에 있는 도시로 오흥(吳興)이라고도 한다. 강남에서 제일 먼저 개발된 삼오(三吳), 즉 오흥(吳興) · 오강(吳江) · 오현(吳縣) 지방의 중심으로, 쌀, 양잠(養蠶), 호필(湖筆)로 유명하다.
만력萬曆 중국 명나라 신종(神宗)의 연호
운우雲雨 운우지정(雲雨之情)으로 남녀의 사랑을 뜻한다. 전국시대 초나라 송옥(宋玉)의 「고당부(高唐賦)」에 실린 구절이다. 초나라 회왕(懷王)이 꿈에 무산선녀(巫山仙女)를 만나 사랑을 나누었는데, 그 선녀가 떠나며 말하길 아침에는 구름이 되고 저녁에는 비가 되겠다고 한 데서 유래한다.

새가 길을 인도해, 동녘에 달이 뜰 때 그대가 문간에 계셨지요.* 임께서 이미 담을 넘어 왔는데 제가 어찌 박달나무를 아끼겠어요?* 현상*을 다 쩛고도 높은 옥경*에 오르지 않고, 밝은 달이 중천에 떴을 때 마침내 함께 부부의 인연을 맺기로 깊게 맹세했던 것입니다.

좋은 일은 항상 이루어지기 어렵다는 생각을 그때 어찌 할 수 있었겠습니까? 아름다운 기약은 막히기 쉬우니 마음으로 아끼고 몸소 애달파 합니다. 임이 가신 뒤 봄이 다시 찾아왔습니다만 물고기 숨고 기러기 끊어졌습니다.* 빗줄기가 배꽃을 때리고 날이 저물도록 문을 닫고 있노라면 온갖 상념이 일었습니다. 이렇듯 임 생각에 저는 수척해졌지요. 비단 휘장이 적막하니 낮에도 적적하기만 하고, 은 초롱이 꺼져 있으니 밤은 어둡기만 합니다. 한 번 스스로 몸을 그르쳐 백 년의 정을 품으니 지는 꽃이 뺨을 치고 조각달이 눈동자에 어리었습니다. 삼혼*은 이미 흩어지고 여덟 날개*는 날 수 없게 되었지요. 이 같을 줄 일찍 알았다면 차라리 태어나지 않는 것이 나았을 것입니다.

이제 월로*가 소식을 전해 와 혼인날*을 기다리게 되었습니다. 하지만 홀로 쓸쓸히 거처하는 동안 병이 깊이 들어 꽃 같던 얼굴엔 고운 빛이 없어지고 구름 같던 머리는 윤기가 없어졌습니다. 비록 낭군께서 저를 보더라도 전날의 사랑하는 마음을 되살리지 못할 것입니다. 다만 저의 작은 정을 드러내기 전에 갑자기 아침이슬처럼 저세상 길로 갈까 봐 두려울 뿐이죠. 그러니 사사로운 제 한은 끝이 없답니다. 아침에 낭군을 보고 속마음이나 한번 하소연할 수 있다면 저녁에 어두운 방*에 갇히더라도 원망이 없을 겁니다.

　　구름 낀 먼 산에 천 리를 떨어져 있으니 소식은 기대하기 어렵지

요. 목을 길게 빼고 바라보니 뼈는 부러지고 혼은 사라집니다. 호주

땅은 후미진 곳에 있어 독한 기운이 침입하기 쉬우니 힘써 몸을 아

끼고 귀히 여기십시오. 천만 가지의 마음을 말로 다하지 못하고, 돌

아가는 기러기*에게 부쳐 보냅니다.

모월 모일, 선화 올림.

동녘에~계셨지요　『시경·제풍(齊風)』「동방지일(東方之日)」에 실린 '동방의 달이여, 저 아름다운 이가 내 문간에 계시네[東方之月兮, 彼姝者子, 在我闥兮]'에서 온 말

어찌~아끼겠어요　『시경·정풍(鄭風)』「장중자(將仲子)」에 실린 '장중자여, 내 뜰을 넘어 오지 마오, 내 박달나무를 꺾지 마오, 어찌 아껴서 그러겠소? 사람들의 말이 두려운 것이라오[將仲子兮, 無踰我園, 無折我樹檀. 豈敢愛之, 畏人之多言]'에서 온 말

현상玄霜　먹으면 신선이 된다는 단약(丹藥)의 한 종류

옥경玉京　옥황상제가 기거하는 곳. 현상을 찧고 옥경에 오르는 것은 배항과 운영의 이야기「배랑」에 나온다.

물고기~끊어졌습니다　소식이 끊겼다는 뜻으로 쓰는 말. 물고기 배 속에 편지를 넣어 전하고, 기러기 다리에 편지를 전했다는 이야기에서 유래한다.

삼혼三魂　사람의 몸 가운데에 있다는 세 가지 정혼(精魂), 즉 태광(台光), 상령(爽靈), 유정(幽精)을 말한다.

여덟 날개[八翼]　진(晉)나라 도간(陶侃)이 젊었을 때 여덟 개의 날개가 몸에 돋아서 하늘로 날아 올라간 꿈을 꾸었는데 하늘 대궐의 문이 아홉 겹이었다. 여덟 문은 날아서 지나갔으나 마지막 문에서 문지기가 지팡이로 때리자 날개가 부러져 땅에 떨어졌다 한다. 그는 40여 년 동안 장상(將相)의 자리에 있었는데 8주 도독(都督)으로 국가의 병권(兵權)을 휘어잡고 있을 때 왕이 되고 싶은 마음이 생겼지만 그때마다 날개가 부러졌던 꿈을 생각하면서 스스로 억제하였다고 한다.

월로月老　월하노인(月下老人)으로, 부부의 인연을 맺어 준다는 사람

혼인날[星期]　칠월 칠석에 견우성과 직녀성이 만난다는 전설에서 온 말로, 혼인날을 뜻한다.

어두운 방[幽房]　깊은 무덤을 비유한다.

기러기　소식을 전해 주는 역할로 비유된다. 한 무제의 사신으로 흉노에 갔다가 붙잡혔던 소무(蘇武)의 고사에서 비롯되었다. 한나라는 흉노와 화친하면서 소무를 돌려보내 달라 요청했으나 흉노는 소무가 오래 전에 죽었다고 거짓말을 한다. 한나라 사신은 소무가 살아 있다는 것을 알고 '황제가 사냥을 하다가 기러기를 잡았는데 그 다리에 매인 편지에 소무가 살아 있다고 쓰여 있었다'라고 하여 이에 흉노가 소무를 돌려보냈다고 한다. 이 고사에서 기러기가 소식을 전해 준다는 것이 유래되어 편지를 안서(雁書)라고도 한다.

주생이 다 읽고 나니 꿈에서 막 돌아온 듯하고 술이 이제야 깬 듯 한편으로는 슬프고 한편으로는 기뻤다. 9월을 손가락으로 꼽아 보니 여전히 멀게 느껴졌다. 그래서 혼인 날짜를 바꾸려고 장노인에게 요청하여 다시 하인을 보내기로 했다. 또 개인적으로 선화에게 답장을 썼다.

방경(선화의 자)에게

삼생•의 인연이 중하여 천 리 밖에서 편지가 오니 마음이 느꺼워 그대를 그리워함에 설레지 않을 수 있겠소? 옛날에 옥 같은 그대 집에 들어가 아름다운 수풀 사이로 갔을 때 춘심春心이 한 번 일어나자 운우지정을 금할 수 없었소. 꽃 사이에서 약속을 맺고 달 아래에서 인연을 이루었으니, 돌아보는 마음을 외람되이 받았고 믿음의 맹세가 아직도 귓가에 낭랑하오. 남은 생을 생각건대 깊은 은혜를 다 갚기 어려울 듯하오. 인간의 일을 조물이 시기하니 어찌 하룻밤의 이별이 끝내 해를 넘기는 슬픔이 될 줄 알았겠소? 서로 멀리 떨어지고 산천이 막혀 필마匹馬를 타고 하늘가에서 얼마나 슬퍼했던가. 기러기는 오나라 구름 속에서 부르짖고 원숭이는 초나라 산에서 우는데 여관에서 홀로 잠을 자니 외로운 촛불은 쓸쓸하다오. 사람은 목석이 아니니 어찌 슬프지 않을 수 있겠소?

아, 방경이여! 이별의 슬픔을 그대는 알 것이오. 옛사람이 이르기를 '하루 못 보는 것이 삼 년 같다'라고 했소. 이로 미루어 보면 한 달은 곧 90년이 되오. 만약 늦가을까지 기다렸다가 혼인하면 황량한 산의 시든 풀 사이에서 나를 찾게 될 것이오. 마음도 다할 수 없고 말도 다할 수 없구려. 편지를 대하여 목이 메니 다시 무슨 말을 하겠소?

전쟁과 이별

주생은 편지를 다 쓰고 나서 미처 부치지 못하고 있었다. 그런데 이때 조선이 왜적의 침략을 받아 명나라에 급하게 구원병을 요청하였다. 황제는 지성으로 명나라를 섬기는 조선을 돕지 않을 수 없었다. 또 조선이 패하면 압록강 서쪽은 분명 편안히 누워 잠잘 수 없게 될 터였다. 하물며 나라의 존망存亡은 왕이 된 자의 일이므로 특별히 제독提督 이여송李如松에게 명하여 군사를 이끌고 가서 왜적을 토벌하게 하였다. 행인사*의 행인行人 설번*이 조선에서 돌아와 황제에게 아뢰었다.

"북방 사람들은 오랑캐를 잘 방어하고 남방 사람들은 왜적을 잘 방어합니다. 이번 일은 남방의 군사가 아니면 할 수 없습니다."

이에 절강浙江과 호남湖南의 여러 고을에서 급하게 군사를 징발하였다. 유격장군遊擊將軍 아무개 씨는 평소에 주생의 이름을 잘 알고 있어서 그를 불러 서기 일을 맡겼다. 주생이 사양했으나 뜻대로 되지 않았다.

주생은 조선에 이르러 안주*의 백상루*에 올라 고풍古風의 칠언시를

지었다. 그 전편은 잃어버리고 오직 마지막 네 구만 기억하니 다음과
같다.

시름에 겨워 홀로 강가 누각에 오르니
저 너머 푸른 산은 몇 겹이나 되는가
고향을 바라보는 내 눈은 막을지라도
시름이 오는 길은 막을 수 없구나.

　다음 해 계사년癸巳年(1593년) 봄에 명나라 군사가 왜적을 크게 이기고
경상도까지 추격했다. 주생은 선화 생각에 마침내 깊은 병이 들어 군대
를 따라 남하南下하지 못하고 송도松都에 머물렀다.
　내가* 일 때문에 송도에 갔다가 객사에서 주생을 만났는데 쓰는 말이
서로 달라서 글로만 뜻을 통할 수 있었다. 내가 글을 안다고 하니 주생
이 나를 후하게 대접하였다. 그에게 병든 이유를 묻자 슬픈 표정으로
대답하지 않았다. 이날 비가 와서 떠나지 못하고, 주생과 함께 등불을
켜고 밤새 이야기를 나누었다. 주생이 「답사행」* 한 수를 지어 나에게
보여 주었다.

외로운 그림자는 기댈 곳이 없고
이별의 회한은 털어놓기 어려운데
어둠 속 돌아가는 혼은 강가 나무에 닿았네
객사 창가의 희미한 등불에 이미 마음 놀라니
어찌 다시 황혼의 빗소리를 들을 수 있겠나
낭원•은 구름 속에 희미하고
영주•는 바다에 막혔으니
옥루玉樓의 주렴은 이제 어디쯤인가
원하노니, 외로운 자취는 물 위 부평초 되어
하룻밤에 오강•을 향하여 떠가기를.

내가 이 사의 뜻을 이상하게 여겨 계속 간절히 물으니, 주생이 처음부터 끝까지 모든 사연을 이야기해 주었다. 또 주머니에서 책 한 권을 내어 보여 주었는데 제목이 '화간집花間集'이었다. 주생이 선화, 배도와 함께 노래한 시 100여 수와 동년배들이 읊은 사詞 10여 편이 있었다. 주생이 눈물을 흘리며 간절히 내 시를 얻고자 하여, 원진•의 진솔한 시 30율의 운을 따 책 끝에 써 주었다. 그러면서 주생을 위로하였다.

"장부는 공명을 얻지 못한 것만 근심할 뿐입니다. 천하에 어찌 아름다운 부인이 없겠습니까? 게다가 삼한三韓이 이미 평정되고 육사*가 장차 돌아갈 것이니 동풍이 이미 주생의 소식을 전해 주었을 것입니다. 교씨*가 타인의 집에 갇힐까 걱정하지 마십시오."

다음 날 아침, 눈물로 이별할 때 주생이 거듭 고마워하며 말했다.

"우스운 일이니 다른 이에게 전할 필요 없습니다."

이때 주생의 나이는 스물일곱 살로 얼굴이 훤해서, 바라보면 그림 같았다.

계사년癸巳年(1593년) 중하仲夏(5월) 무언자 권여장*이 쓰다.

낭원閬苑 신선이 산다는 곳
영주瀛州 신선이 산다는 곳. 낭원과 영주 모두 선화가 있는 곳을 가리킨다.
오강吳江 오(吳) 지역의 강. 오나라는 양자강 유역에 있었으며, 여기서는 선화가 있는 곳을 가리킨다.
원진元稹 당나라의 문학가. 자는 미지(微之). 재상을 지냈는데 시가 백거이와 비등하여 그와 함께 원백(元白)이라 불렸다. 원진의 시체(詩體)를 원화체(元和體)라 했으며, 저서로 『원씨장경집(元氏長慶集)』이 있다.
육사六師 여섯 군(軍). 1군은 12,500명으로, 천자라야 육사를 가질 수 있었으므로 천자의 군대, 여기서는 명나라 군대를 가리킨다.
교씨喬氏 원래 교(橋)인데 후에 교(喬)로 바뀌었다. 중국 삼국시대 오나라의 지략가인 주유(周瑜)의 부인 소교(小喬)를 말한다. 여기서는 선화를 가리키는데, 주유가 이야기의 주인공과 같은 주씨이므로 빗대어 말한 것이다. 당나라 두목의 시 「적벽(赤壁)」에 실린 '부러진 창 모래에 묻혔으나 녹슬지 않아, 씻어서 보니 앞 시대 것임을 알겠네. 동풍이 주랑의 편을 들지 않았다면, 동작대 봄 깊은 때 두 교씨가 묶였겠지[折戟沉沙鐵未銷, 自將磨洗認前朝, 東風不與周郎便, 銅雀春深鎖二喬]'를 염두에 둔 표현이다. 두 교(喬)는 손책(孫策)의 부인인 대교(大喬)를 아울러 말한 것이다. 적벽대전에서 동풍이 결정적인 역할을 했으니, 동풍이 불지 않았다면 조조가 승리하였을 것이다. 동작대는 조조가 세운 것인데, 여기에 두 교가 갇히는 것으로 오나라의 패배를 표현했다.
무언자 권여장無言子權汝章 권필. 무언자는 호, 여장은 자이다.

영영전

첫눈에 반한 김생

홍치* 연간에 성균관에 다니는 김씨 성의 진사가 있었는데, 이름은 잊혀졌다. 그는 용모가 아름답고 풍채도 뛰어났으며 글을 잘 짓고 우스갯소리도 잘하는, 정말이지 세상에서 돋보이는 남자였다. 마을사람들은 그를 '풍류랑風流郎'이라고 일컬었다. 김생*은 겨우 약관의 나이에 진사과에 급제하여, 그 이름이 장안에 알려졌다. 공경대부公卿大夫의 집에서는 재산도 따지지 않고 딸을 그에게 시집보내려고 하였다.

하루는 김생이 반궁*에서 집으로 돌아가는데, 말 위에서 멀리 바라보니 주막의 푸른 깃발이 버드나무와 살구나무 사이에 은은히 비치는 것이 보였다. 김생은 춘정이 일어남을 이기지 못해 한번 취하고 싶었다. 그래서 흰 모시적삼을 저당 잡히고 진주홍주眞珠紅酒를 샀다. 화자잔*에 술을 따라 마시고는 취하여 술병 옆에 누우니 꽃향기가 옷에 스며들고 대나무의 이슬이 얼굴에 흩날리곤 했다.

얼마 후 석양이 산봉우리에 걸렸다. 시종이 돌아가자고 재촉해서야,

김생은 일어나 말에 올랐다. 채찍을 휘둘러 길을 나서는데, 흰 모래가 널리 펼쳐 있고 가는 버들은 냇가 언덕에 드리워져 있었다. 놀던 사람들은 모두 흩어져 길에는 점점 인적이 드물어졌다. 김생이 흥에 겨워 조용히 시를 읊었다.

> 동쪽 길의 꽃과 버들을 보노라니
> 붉은 말이 교만 떨며 가지 않네.
> 어느 곳에 아름다운 이 있을까
> 복사꽃의 정은 끝이 없구나.

다 읊은 뒤 취한 눈을 반쯤 들어 보니, 미모의 여인이 보였다. 나이는 겨우 열여섯쯤 되어 보이고, 걸음을 가벼이 옮기는데 먼지조차 일지 않았다. 허리는 하늘거리고 자태는 아리따웠다. 가다가 멈추었다가, 동쪽으로 갔다가 서쪽으로 갔다가 하더니, 작은 돌을 집어 꾀꼬리에게 던져 날게도 하고, 버드나무 가지를 잡고 석양에 우두커니 서 있기도 하고, 옥비녀를 빼어 구름 같은 머리를 가볍게 매만지기도 했다. 푸른 소매는 봄바람에 흩날리고 붉은 치마는 맑은 냇물에 환히 빛났다. 김생은 여인을 바라보다가 정신이 산란해져 억누르지 못하고 말에 올라 타 채찍을

홍치弘治 명나라 효종(孝宗) 때의 연호로, 1488~1505년이다. 조선은 연호를 따로 정하지 않고 천자(天子)의 나라인 명나라 연호로 시기를 기록하였다.
김생金生 '김씨 성의 젊은이'라는 뜻
반궁泮宮 성균관(成均館)의 다른 이름. 천자의 나라에 세운 교육기관인 태학(太學)을 벽옹(辟雍)이라고 하는데 둥근 형태에 사면을 연못으로 둘렀다. 제후의 도읍에는 벽옹의 절반 규모로 반궁을 세웠다.
화자잔花磁盞 꽃무늬가 있는 자기(磁器) 술잔

치며 길을 재촉하였다. 달려가 힐끗 보니, 치아가 가지런하고 얼굴이 고운 것이 진실로 국색*이었다. 김생은 말을 타고 머뭇거리며 앞서기도 하고 뒤서기도 하면서 주의해서 바라보며 차마 떠나지 못했다. 여인은 김생이 자신에게 관심이 있음을 알았는지 부끄러운 빛으로 고개를 숙이고 감히 쳐다보지를 못했다. 여인이 점점 멀리 가기에 김생도 역시 따라서 끝까지 가 보니, 상사동* 길가에 있는 서너 칸 좁은 집에 이르러 멈추었다.

김생이 배회하다가 우두커니 섰다가 하면서 허전함을 견디지 못해 하는 동안에 날은 이미 저녁이 되었다. 오래 머무를 수 없음을 알고 안타까운 마음에 멍하니 돌아가는 김생의 모양이 취한 것도 같고 바보 같기도 하였다. 밤중에는 베개를 쓸면서 몸을 뒤척였고, 밥을 놓고도 먹을 줄 몰랐으며, 먹어도 목에 넘기지를 못하였다. 몰골이 초췌해져서 고목 같아졌고 안색은 파리해서 식은 재와 같았다. 남몰래 근심을 안고 묵묵히 말을 하지 않으니 부모마저도 그 까닭을 알지 못했다.

막동의 도움

그 일이 있은 뒤 10여 일 지날 무렵 노비 막동이가 틈을 타서 김생을 뵙고는 눈물을 흘리며 물었다.

"도련님께서는 평소에 말씀과 웃음이 호탕하며, 무리 중에 출중하셔서 거침없으셨습니다. 그런데 요사이 울적해하시니 말 못할 근심이 있으신 듯합니다. 사모하는 이라도 있으신 게 아닌지요?"

김생이 슬퍼하면서도 감동하여 사실대로 말하니, 막동이 한참 깊이 생각하고 전하였다.

"제가 도련님을 위해 마륵*의 계책을 올릴 터이니, 도련님께서는 속 태우실 것 없습니다."

"계책이라니, 어떤 것이냐?"

김생이 묻자 막동이 대답하였다.

"도련님께서는 서둘러 좋은 술과 안주를 반드시 성대하게 마련하셔서, 곧바로 미인이 있는 집으로 가셔서는 손님을 전별*하려는 듯이 하십시오. 방 한 칸을 빌려 술자리를 벌여 놓고 이놈을 불러 손님을 모셔 오라 하세요. 그러면 제가 명을 받들어 갔다가 잠시 후에 돌아와서 '손님이 장차 오신답니다' 하지요. 도련님께서 또 명하여 손님께 다시 청하라고 하시면 제가 도련님 명을 받들어 나갑니다. 그러고는 날이 저물 때쯤 돌아와서 손님께서 '오늘은 송별객이 많아 굉장히 취해서 갈 수가 없으니 내일은 꼭 가겠소' 했다 하지요. 도련님께서는 이때 주인을 불러 내어 앉으라 하고, 그 술과 안주를 먹게 하고 기색을 드러내지 말고 물러나세요. 다음 날 또 그렇게 하고, 그 다음 날도 또 그렇게 하면 처음 엔 고맙게 여길 것이고, 두 번째는 은혜에 감격해할 것입니다. 세 번째 는 반드시 의심하겠죠. 은혜를 느끼면 보답을 생각하게 마련이요, 은혜 에 감격하면 죽음으로써 보답하고자 하는 법입니다. 의심이 생기면 그 까닭을 물어 올 것이고, 이때 흉금을 털어 놓고 이야기한다면 일은 거 의 다 된 셈이죠."

김생은 참 그럴듯하다 여기고, 기뻐 웃으며 말했다.

"내 일이 잘되겠구나."

김생은 막동의 계책을 따라 즉시 술과 안주를 장만하여 곧바로 여인 의 집으로 갔다. 그러고는 전별 잔치를 차리게 하고, 막동을 보내어 손 님을 맞게 하는 등 한결같이 막동이 말한 대로 했다. 막동이 또한 심부

마륵磨勒 당나라 배형(裴鉶)이 지은 전기 「곤륜노(崑崙奴)」에 나오는 인물. 최생이 고관 댁에 문병 갔다 가 시중 든 여인을 그리워하자 노비 '마륵'이 계책을 내어 여인을 빼내 같이 살게 했다. 곤륜노는 말 레이시아 등에 살던 종족으로 피부가 검고 힘이 세었다. 당나라 때 명문귀족들이 이들을 고용하거나 노예로 사서 부리곤 했다.
전별餞別 잔치를 베풀어 송별한다는 뜻

름을 갔다 돌아오기를 세 번, 모두 약속한 대로 했다. 김생이 짐짓 꾸짖어 말했다.

"쯧쯧! 그 사람이 이와 같이 좋은 기약을 어그러뜨린단 말이냐? 하지만 춘주*를 가져왔으니 그냥 돌아갈 수는 없구나. 그러니 주인이랑 한 잔 나누는 것도 나쁘지는 않으리라."

그러고는 주인을 부르니 일흔 살 노파가 와서 뵈었다. 김생이 위로하여 말했다.

"할멈은 편히 앉으시오. 손님을 전별하러 이곳에 왔는데 할멈이 잘 맞아 주었으니, 두터운 정에 매우 감사하오."

바로 막동을 불러 술과 안주를 내오게 하고, 할멈과 술잔을 나누면서 평소 알고 지내던 사이처럼 반겨 하되, 사연은 한마디도 말하지 않고 물러나왔다.

김생은 강가에 말을 세우고 전에 보았던 여인이 정말 이 노파네 사람인지 헤아려 보았으나 알 수 없었다. 그는 근심스럽고 걱정스러워 살 수 없을 것만 같았다. 어서 노파를 매우 감동시켜서 노파가 의심하기를 기다렸다가 자기 속 얘기를 털어놓았으면 했다. 그래서 다음 날 또 찾아가기를 미루지 않았고, 이같이 세 번을 하니 노파는 과연 김생을 의심하여 공손한 태도로 물었다.

"이 늙은이가 조심스레 여쭐 것이 있어요. 길가에는 집들이 연이어서 즐비하게 늘어서 있으니, 어디선들 술잔을 벌여 손님을 환송하지 못하겠습니까? 그런데 왜 유독 이같이 누차한 집을 찾으시는 겝니까? 또 낭군께선 서울의 명문거족에 학식이 높은 분이요, 이 늙은이는 뒷골목의 과부에다 초가집에 사는 미천한 것이올시다. 귀천의 차이가 있고 평소

친분이 없는데 이처럼 두터운 인정을 베풀어 주시니, 이 늙은이가 어찌 감당하겠어요? 실로 어찌 된 연유인지 모르겠군요."

김생이 웃으며 말했다.

"나는 손님을 전별하고자 했을 뿐, 별 뜻은 없소. 할멈과 다툼이 있는 사이가 아니니까 손님과 주인의 예의상 당연한 것이오."

술자리가 끝나자 김생은 문득 자줏빛 적삼을 벗어 노파에게 건네주며 말했다.

"매번 할멈을 번거롭게 했으니 보답을 안 할 수 없어 이것으로 대신하니, 혹시 다음에도 일이 있으면 잊지 말고 잘해 주오. 거절하지 않으면 좋겠소."

노파는 매우 고마워하는 한편 크게 의심도 하면서 일어나 거듭 절하고 말하였다.

"낭군의 은덕이 이 같으니 늙은이는 너무도 감격스럽습니다. 그런데 혹시 까닭이 있어서 이러시는 건가요? 외로운 이 몸이 홀몸으로 여러 해를 살았어도 이웃에 사는 사람조차 마음 써 주는 이가 없었건만, 하물며 낭군께서 이리 하시다뇨? 낭군께서 이 늙은이에게 바라시는 바가 있다면 죽음도 마다하지 않겠어요."

김생이 웃기만 하고 대답하지 않자, 노파가 끈질기게 청하였다. 그러자 김생이 미소 지으며 답했다.

"이 동네 이름이 뭐요?"

춘주春酒 정월에 빚어 봄에 먹는 술

“상사동입죠.”

“동네 이름 덕에 괴로울 뿐이오.”

노파가 슬쩍 웃으며 말했다.

“낭군께서는 말 잘하는 이의 소임을 이 늙은이에게 맡기시려는 게군요? 하지만 이 동네에는 운화* 같은 숙녀가 없으니 위랑*의 풍류를 어쩐다죠?”

김생은 자기가 마음에 두고 있는 미인이 필시 여기 없는 줄 알고 시무룩해져서 말했다.

“이 몸이 이미 할멈에게 후의를 입었으니 어찌 사실대로 말하지 않겠소? 실은 모월 모일 모처에서 돌아오다가 길에서 마침 한 소녀를 보았다오. 나이는 겨우 열다섯에서 열여섯쯤으로 보였는데 푸른 적삼에 붉은 비단 치마를 입었고, 백릉白綾(하얀 비단) 버선에다 자줏빛 신을 신고 있었소. 진주 비녀로 머리를 땋고 새하얀 옥가락지를 끼고서 홍화문* 앞길에서 이리저리 가고 있었소. 내가 젊은 객기에 마음이 화사해지고 춘정을 이기지 못해 뒤를 따랐는데, 종착지까지 따라 이른 곳이 바로 할멈의 집이었던 거요. 이날 이후로 마음이 질탕하게 취하여 만사가 흐릿하고, 오로지 그 소녀만 생각했다오. 맑은 눈동자와 하얀 이가 꿈에도 잊히지 않아 상심하여 애태우길 하루 이틀이 아니었소. 할멈이

운화雲華 명나라 초 전기집 『전등여화』에 실린 「가운화환혼기」의 여주인공 가운화
위랑魏郞 운화와 사랑을 나누는 위붕
홍화문弘化門 창경궁(昌慶宮)의 정문

나를 보고 낯빛이 파리하다고 했으니 왜 그랬겠소? 그래서 손님을 전별한다고 할멈을 번거롭게 했으니, 어쩔 수가 없었다오.”

노파가 이야기를 듣고서 김생의 사정을 몹시 애처로워했다. 하지만 그가 생각하고 있는 사람이 누군지 몰라 한동안 말을 않고 있다가 문득 깨닫고서 말했다.

“그런 아이가 있습죠! 바로 죽은 제 언니의 딸이지요. 이름은 영영英英이고 자字는 난향蘭香이죠. 만약에 정말로 그 아이라면 참으로 어려운 일이로군요! 참 난처한 일이에요!"

"왜요?"

"그 아이는 회산군* 댁의 시비랍니다. 궁에서 나고 궁에서 자라 문 앞 길도 밟지 않았지요. 자색姿色이 고운 것은 낭군이 이미 보셨으니 굳이 말할 게 없고, 고운 마음이며 얌전한 몸가짐은 양반집 처녀와 다를 게 없지요. 게다가 음률音律(노래)을 알고 문장을 아니 나리께서 어여삐 여겨 장차 녹의*로 맞고 싶어 한답니다. 하지만 부인께서 하동의 사자후* 보다 투기가 심해서 그렇게 못하고 있을 뿐이죠. 저번에는 한식을 맞아 죽은 어미 제사를 지내려고 부인께 말미를 청하여 이곳에 올 수 있었던 것입니다. 그리고 때마침 나리께서 외출하신 터라 이곳에 올 수 있었지 그렇지 않았다면 도련님께서 어찌 얼굴을 볼 수 있었겠어요? 아이고! 도련님께서 다시 만나고자 하시는 것은 참으로 어려워요, 참으로 어렵지요!"

김생이 하늘을 우러러 크게 탄식하였다.

"어허, 끝났다. 나는 죽겠구나!"

노파가 깊이 걱정을 하면서 침울해하다가 이윽고 말했다.

"어쩔 수 없다면 한 가지 묘책이 있습죠. 단오가 꼭 한 달 남았군요. 단옷날 이 늙은 몸이 죽은 언니를 위해 다시 제사상을 차리겠습니다. 그리고 이를 부인께 아뢰어 우리 영영에게 반나절의 말미를 주도록 청한다면 만에 하나 도련님의 뜻을 이룰 수 있을 겝니다. 도련님께서는 돌아가셔서 때를 기다렸다가 오시지요."

이 말을 듣고 김생이 무척 기뻐하였다.

"만약 할멈 말대로 된다면 인간 세상의 5월 5일은 곧 천상의 7월 7일•이 되겠구려."

김생과 노파는 서로 만복萬福을 기원하며 헤어졌다.

김생은 탄식하며 지는 해를 바라보고 초조하게 밤이 되기를 기다렸다. 하루를 보내는 것이 3년과 같았고, 아름다운 기약은 오지 않을 듯했다. 붓과 먹에 의지하여 그 울적한 마음을 풀려고 「억진아」• 한 곡을 지었다.

쓸쓸한 봄날

정원 가득한 배꽃

비바람이 부는 저녁

임을 생각하나 보지 못하고

소식도 끊겼네.

후회하노니, 미인을 만났을 때

내 마음은 어찌 돌처럼 굳지 못했나!

회산군檜山君 조선 성종의 다섯 째 아들
녹의綠衣 푸른색은 정색(正色)이 아닌 간색(間色)이어서 천한 사람을 가리키므로 첩을 뜻한다. 『시경』 「패풍·녹의(綠衣)」는 위 장공(衛莊公)이 첩에게 미혹되어 부인 장강(莊姜)이 어질면서도 불행해진 것을 비유한 노래이다.
하동河東의 사자후獅子吼 소동파(蘇東坡)의 시에 등장하는 말로, 진계상(陳季常)의 아내 하동 유씨(柳氏)가 남편을 매도하는 소리를 표현한 것이다. 질투심이 강한 여자가 남편에게 고함지르는 것을 뜻한다. 하동(河東)은 옛 지명이다.
7월 7일 견우와 직녀가 만나는 날
「억진아憶秦娥」 당대(唐代) 악부의 하나로 '진아를 그리워한다'는 뜻이며 '진루월(秦樓月)'이라고도 한다. 진아는 옛날 노래를 잘 불렀다는 여자를 가리키거나 진(秦)나라 목공(穆公)의 딸 농옥(弄玉)을 일컫는다.

헛되이 그리워하며
꽃을 대하여 애 끊어지고
바람결에 눈물 떨구네.

영영과 대면

기약한 날이 되어서 가 보니 노파가 나와 맞이했다. 김생은 별 탈이 없냐고 묻는 것 이외에 다른 말을 할 겨를도 없이 곧바로 이렇게 물었다.

"일이 어떻게 되어 가오?"

"어제 낭군을 위해 부인께 찾아가 간절하게 청하였습니다. 그랬더니 부인께서 '나리께서 평소에 영영의 출입을 매우 심하게 금하기 때문에 네가 바라는 바를 따를 수가 없구나. 그러나 만일 내일 공경公卿들이 초대하여 나리께서 단오 모임에 가시면 내 어찌 영영에게 잠시 틈을 주는 것을 아끼겠나?'라고 했습죠. 부인께서 허락하신 것은 참말인데 나리께서 외출하실지 여부는 알 수 없어요."

김생은 반신반의하여 기뻐하기도 근심하기도 하면서 마음을 안정시키지 못했다. 초조하게 책상에 기대어 문을 열고 기다렸지만, 거의 정오가 되었는데도 인기척이 없었다. 가슴이 답답하고 애가 타 우두커니 앉아서 멍하니 있노라니 마치 서리 맞은 파리 같았다. 벌떡 일어나 부채로 기둥을 치면서 노파를 불러 말했다.

"근심에 애가 끊어지고 기다리는 눈은 침침해 가오. 많은 행인이 다 가왔지만 영영이 아니니 내 바람은 끊어졌소."

"지성이면 감천이라 했으니 도련님께서는 우선 잠시 편히 계시지요."

노파가 위로하였다. 잠시 후, 창밖에서 신발 끄는 소리가 가까워졌다. 놀라 일어나 보니, 바로 영영이었다. 김생이 손뼉을 치며 웃었다.

"어찌 하늘의 뜻이 아니리오?"

노파 역시 어린아이가 어머니를 본 듯 기뻐하였다. 문 앞 푸른 버드나무 밑에서 말이 길게 울고 뜰 가의 나무그늘 밑에 하인들이 죽 늘어선 것을 본 영영은 괴이하게 여기고 주저하며 감히 들어오지 못했다. 노파는 거짓으로 영영에게 말했다.

"의심치 말고 어서 들어오너라. 이 도련님 모르겠어? 이분은 내 죽은 남편의 친척이니라. 때마침 우리 집에 오셨다가 손님을 전별하시려는 중이야. 그런데 왜 이리 늦게 왔느냐? 네가 끝내 오지 않나 보다 싶어 네 어머니 제사는 지내 버렸다. 안으로 들어와 빨리 술상을 차려 도련님께 한 잔 올려라."

영영이 그 말대로 술상을 받들고 오자 노파가 김생과 함께 술잔을 주고받았다. 술이 반쯤 취하자 김생이 영영에게 말했다.

"낭자도 자리로 오시오. 술잔 순서가 되었소이다."

영영이 몹시 부끄러워 어찌할 바를 몰라 하자 노파가 말했다.

"너는 깊은 궁중에서 자라나 세상의 정이 이러함을 모르는구나. 글자는 잘 알면서 술잔 주고받는 예는 어찌 모르느냐?"

영영이 이에 잔을 받으면서도 흔쾌히 하지는 않았다. 움찔움찔 술잔을 잡고는 잠깐 붉은 입술에 대기만 할 뿐이었다. 잠시 후, 노파는 취한 척 편히 앉아서는 기지개를 펴면서 졸음이 오는 듯 영영을 돌아보며 말했다.

"술 때문에 피곤하고 기운이 온전치 않구나. 나는 좀 쉬어야겠으니 잠시 낭군을 모시거라."

그러고는 바로 안으로 들어가 평상에 쓰러져 잠이 들더니 코를 우레와 같이 골았다. 이에 김생이 영영에게 말했다.

"지난번 부자묘*에서 나오다가 그대를 홍화문 앞길에서 보았지요. 3월 초하루 바로 그때인데 그대는 기억이 나지 않소?"

"말은 기억나지만 사람은 생각나지 않습니다."

"사람이 말보다 못하단 말이오?"

"말은 보았으나 사람은 보지 못했지요."

"그대는 어찌 말만 기억하오? 내 얼굴이 초췌하고 모습이 야위어서 지난번과 같지 않으니 어찌 까닭 없이 그러하겠소? 그대는 내가 아니니, 어찌 내 마음을 알겠소?"

"낭군도 제가 아닌데 어찌 제가 낭군의 마음을 알지 못한다고 하십니까?"

김생이 즉시 자리를 가까이 옮겨 다가가 앉으며 사실대로 말했다.

"아, 그대 난향이여! 그대가 어찌 무정한 사람이겠소? 그대를 만나 말 한마디 못한 뒤로 생각만 하고 보지 못한 것이 지금까지 얼마였던가?

<hr>

부자묘夫子廟 공자를 모신 사당

아, 그대 난향이여! 그대인들 어찌 슬프지 않겠소? 낭자를 기다렸는데 이렇게 오시니, 나는 다시 살아난 듯하오.•”

영영은 미소만 짓고 대답하지 않았다. 김생은 그곳에 영영을 머물게 하고 밤이 되면 잠자리를 함께하길 청하려 하였다. 그러나 영영은 안 된다고 하였다.

“우리 나리께서 아침에 외출하셔서 저녁에 돌아오시기 때문에 첩이 여기에 올 수 있었습니다. 돌아오시면 반드시 저를 불러 옷을 풀게 하시니, 나약하고 가냘픈 제가 만 번 죽을 곳에 빠질 수는 없어요. 그렇기에 낮에는 괜찮지만 밤에는 안 됩니다.”

김생은 영영을 오래 머물게 할 수 없음을 알고, 이에 은근히 부추기며 말했다.

“진정 그렇다면 이 마음을 어찌하오? 날이 이미 저물어 헤어질 시간이 임박했소. 뒷날 만나는 것이 쉽지 않고 좋은 만남은 다시 얻기 어려운 법이오. 그대는 나를 가엽게 여겨 잠시 동안의 기쁨을 아끼지 마시오.”

그러고는 강제로 안으려 하니, 영영이 옷깃을 여미고 정색하며 말했다.

"제가 어찌 목석같이 낭군의 속마음을 모르겠어요? 하지만 나리께서 저를 천하게 여기지 않으시고 앞에서 떠나지 못하게 하신답니다. 믿고 맡겨서 절대 중문中門 밖도 나가지 못하게 하시지요. 오늘 여기 온 것은 이미 엄명을 어긴 것입니다. 만약 멋대로 법을 어긴다면 더러운 소문이 널리 퍼지게 될 거예요. 이는 죽고도 남을 죄이니 비록 도련님의 뜻을 따르고 싶더라도 어찌 그럴 수 있겠어요?"

김생이 영영의 팔을 잡고 탄식하며 말했다.

"내가 어찌 살 수 있겠소? 황천 사람이 될 것이오."

마침내 그 옥 같은 손을 잡고 흰 젖가슴을 만지며 다리를 휘감고서, 마음껏 하고 싶은 대로 하려 했다. 그러나 영영은 남녀결합만은 안 된다고 하였다. 김생은 감정을 돋우고 정성을 다하여 온갖 유혹을 하였다.

"새가 급히 날아가고 토끼가 빨리 달리듯 세월은 흘러가오. 붉은 꽃이 다하고 푸른 잎이 금세 시들면 나비들이 좋아하지 않는 법이지요.

사람이라고 어찌 다르겠소? 잠깐 머리를 돌리는 사이에 얼굴은 고운 빛을 잃고, 손가락을 한 번 튕기는 사이에 머리털은 하얗게 세어 버린다오. 아침에 구름이 되고 저녁엔 비가 된다는 양대의 신녀°도 원래부터 마음을 정했던 것은 아니요, 푸른 바다처럼 넓은 하늘에 있는 달나라의 항아도 불사약 훔친 것을 응당 후회한다오. 새와 같은 미물도 비익조°가 있고 본성이 무딘 나무도 연리지°가 있소. 하물며 정욕이 모이는 것에 사람과 사물이 어찌 다르겠소? 봄바람에 꾼 나비의 꿈은 독수공방을 특히 괴롭게 하고, 달 뜬 밤에 두견새 우는 소리는 외로운 잠자리를 놀라게만 하니, 어찌 두목지°처럼 봄꽃을 늦게 찾는단 말이오?

위魏나라 우언寓言에 '항아를 만남이 더디니 청춘의 시간을 헛되이 저버리고 공연히 무덤에 한만 남겼구나. 서릉°의 푸른 나무는 적막하게 황량한 언덕에서 천 년을 서 있고, 장신궁°은 쓸쓸히 닫힌 채 몇 날 밤이나 가을비에 쓸쓸히 젖었던가'라는 말이 있소. 나의 삶이 애석하고 낭자의 무정함이 한스러우니, 살아서 무엇하리오? 죽어서 그만둘 따름이오!"

영영은 끝내 말을 들으려 하지 않았다.

"낭군께서 굳이 천한 제게 마음이 있으시다면 훗날 다시 만날 수 있을 겁니다."

김생이 불가하다며 말했다.

"한 번 아름다운 모습과 이별하면 궁전 문은 여러 겹이라, 소식을 보내고자 한들 전달할 방법이 없으니, 반가운 두 눈동자를 다시 바랄 수 있겠소?"

영영이 말했다.

"낭군께서 이렇게 말씀하시니 어찌 저를 안다고 하겠어요? 이달 보름날 밤에 우리 나리께서 왕자와 대군들과 함께 달구경 모임을 갖기로 약속을 하셨으니, 반드시 밤이 되어서야 돌아오실 겁니다. 또한 궁의 담장이 비바람으로 인하여 무너진 곳이 있는데 나리께서 집안일에는 느슨해서 아직 고치지 않으셨지요. 낭군께서 만약 이날 어둠을 틈타 오셔서 무너진 담장으로 깊숙이 들어오면 낮은 담장의 문이 있을 겁니다. 제가 문을 열고 기다릴 터이니 그 문으로 들어와서 계단을 따라 내려가면 동쪽 계단에서 열 걸음가량 떨어진 곳에 따로 침실 몇 칸이 있지요. 낭군께서 잠시 그곳에 몸을 숨기고 기다리시면 제가 나아가 맞이할 터이니, 아름다운 약속이 어찌 어렵겠어요?"

김생은 자못 그리 여겨 굳게 약속하고 돌아왔다. 동시에 길을 나서 점차 남북으로 제각기 가다가, 말을 세우고 고개를 돌려 보니 슬퍼서 혼이 녹는 듯했다. 이로부터 그리움이 더욱 깊어져서 사운시四韻詩 한 수를 지어 자신을 달래 보았다.

양대陽臺의 신녀神女　초나라 송옥(宋玉)의 「고당부」에 나오는 무산의 신녀. 초(楚) 회왕과 사랑을 나눈 것으로 유명하다.
비익조比翼鳥　날개가 한쪽뿐이어서 암수가 함께 있어야만 날 수 있다는 전설의 새
연리지連理枝　서로 다른 나무의 가지들이 이어져 하나의 가지처럼 된 것
두목지杜牧之　당나라 시인 두목이며 목지는 자이다. 두목이 호주에서 미인을 보았는데 나이가 어려서 혼인하지 못했다. 10년 내에 돌아올 테니 시집보내지 말라 하였는데 10년 되던 해 호주자사가 되어 가 보니 이미 그녀는 아이 셋 낳은 유부녀가 되어 있었다. 『전당시(全唐詩)』 권527 「창시(悵詩)」의 서문과 오대(五代) 언휴(彦休)의 『당궐사(唐闕史)』 등에 실려 있는 이야기이다.
서릉西陵　남북조(南北朝) 시대 제(齊)나라 사람. 항주에서 기생으로 명성이 자자했고, 귀족 자제를 만나 사랑했으나 집안의 반대로 사랑을 이루지 못하고 꽃다운 나이에 세상을 떠나 서호(西湖) 옆에 묻혔다. 그녀가 남긴 시구에 '어디에서 우리 마음 맺을까요, 서릉의 송백나무 아래지요[何處結同心, 西陵松柏下]'라는 구절이 있다.
장신궁長信宮　태후를 모시는 궁의 이름. 한 성제(漢成帝) 때 궁녀 반첩여(班婕妤)가 조비연(趙飛燕)에게 총애를 빼앗기고 참소를 당한 뒤에 장신궁으로 물러나 태후를 모셨다.

궁궐 깊은 곳에 갇혀 있는 아름다운 그대
한 번 이별함에 그 모습과 목소리 아득해지네.
오늘 밤 그대의 모습과 정을 잊기 어려우니
전생에도 우리는 아름다운 인연 맺었으리.
언짢은 가슴에 괴로이 근심은 비가 되고
아름다운 약속 고대하니 하루가 일 년 같네.
보름날 밤 꽃다운 그대를 만나고자 하니
누각에 올라 바라보는 저 달, 언제 둥그러지나.

하룻밤의 만남

기한이 되어 가 보니 과연 담장 무너진 곳이 이가 빠진 듯 문처럼 되어 있었다. 그곳을 통해 남몰래 깊은 곳까지 들어가니 조그마한 담장 문이 나왔다. 밀어 보니 과연 잠겨 있지 않았다. 들어가서 동쪽으로 내려가자 따로 침실이 나타났다. 김생은 마음속으로 혼자 축하하며 말하였다.

‘난향이 나를 속이지 않았구나.’

그러고는 침실로 들어가 영영이 오기를 기다렸다.

바야흐로 흰 달이 막 솟고 시원한 바람이 언뜻 이는 때였다. 계단 위 꽃에서는 은은한 향기가 밀려왔으며, 뜰 앞의 푸른 대나무는 ‘수수수’ 성긴 소리를 내었다. 홀연 문 여는 소리가 들리더니 안에서 누군가가 나왔다. 김생은 반신반의하며 숨을 죽인 채 귀를 기울였다. 발걸음 소리가 점점 가까워지면서 옷의 향기가 느껴졌다. 눈을 들어 바라보니 바로 영영이었다. 김생은 나와서 그녀의 등을 어루만지며 말했다.

“사랑하는 그 사람이 여기 이미 와 있소.”

영영이 말했다.

"낭군은 참으로 신의 있는 선비이십니다."

영영이 손을 잡고 가까이 앉으며 안부를 묻자 김생이 답했다.

"만 번 죽으려 했던 것을 참고 겨우 숨만 쉬고 있었다오."

"무슨 일로 그러하셨어요?"

"땅은 가까우나 사람이 멀리 있었기 때문이오."

둘은 서로 이야기를 나누며 밤이 깊어 가는 줄도 몰랐다. 김생은 밝은 달을 우러러보며 놀라서 말했다.

"내가 처음 이곳에 왔을 때 달이 동쪽에 있었는데 지금은 하늘 가운데 있으니 밤의 절반이 지나가 버렸소. 지금 동침하지 않고 어느 때를 기다린단 말이오?"

김생이 즉시 영영의 옷깃을 잡고 벗기려는데 영영이 막으며 말했다.

“낭군은 저를 뽕나무 사이*에서 노는 여자처럼 대하시는 건가요? 첩의 침실이 따로 있으니 그곳에서 밤을 보내는 것이 좋겠습니다.”

김생은 고개를 저으며 사양했다.

“나는 이미 법을 어기고 죽음을 각오한 채 험난한 길을 뚫고 이곳에 왔소. 한 번도 힘든데 어찌 두 번 하겠소? 무릇 모든 일에는 만전을 기해야 하는 법이오. 또 당돌하게 굴다가 일이 누설될까 두렵소이다.”

영영이 말했다.

“일이 누설되고 아니 되고는 오직 제게 달려 있어요. 낭군께서는 염려하지 마세요.”

그러고는 김생을 이끌자 그도 어쩔 수 없이 그녀를 따랐다. 두려움에 몸을 굽히고 문 안으로 들어가는 것이 마치 깊은 연못에 임한 듯하고, 땅을 밟는 것은 살얼음판을 걷는 듯했다. 매번 한 발을 옮길 때마다 아홉 번이나 넘어지고 땀이 발뒤꿈치까지 흘러내려도 오히려 깨닫지 못했다. 굽은 섬돌과 회랑을 돌아 문을 두세 번 통과한 뒤에야 안채에 도달했다. 궁인들은 깊이 잠들어 뜰은 고요했으며 오로지 사창에서 등불이 가물거리는 것이 보였는데, 부인의 침소임을 알 수 있었다.

영영은 김생을 어떤 방으로 들여보내며 말했다.

“낭군은 잠시 편히 계세요.”

그러고는 안으로 들어가더니 오랫동안 나오지 않았다. 김생은 무료함을 견디다 못해 앉아 보기도 하고, 누워 보기도 했다. 혼자서 몹시 이상하다고 생각하는데, 어떤 사람이 중문으로 달려 들어와 알렸다.

“나리께서 들어오십니다.”

뜰 가득히 횃불이 휘황찬란하게 빛나고 시첩들이 이리저리 분주하게 왔다 갔다 하면서 회산군을 둘러싸 부축하였다. 그는 여전히 깨어나지 못했으며 코 고는 소리도 점점 커져 갔다. 이에 영영이 부인의 명을 받들고 거듭 와서 아뢰었다.

"차가운 땅바닥에 오래 누워 계시면 바람에 해를 입지나 않을까 걱정입니다."

영영은 왕자를 일으켜 세워 부축하여 들어갔다. 사람들 소리도 점차 사라지고 불빛도 꺼져 갔다.

영영이 왼손에는 옥등을 오른손에는 은병을 들고 나와서 방문을 여니, 김생은 벽에 바짝 붙어 발을 감싼 채 '죽었다!'고 생각할 따름이었다. 영영이 웃으면서 말했다.

"좀 놀라셨지요? 제가 위로해 드리려고 술을 데워 가져왔어요."

그러고는 금하엽배*에 술을 따라 권하니 김생이 받아 마셨다. 다시 한 잔을 권하니, 김생이 사양하며 말했다.

"마음은 정에 있지, 술에 있는 것이 아니오."

김생은 술을 치우라고 하였다. 방 안을 보니 다른 물건은 없고 다만 주홍빛 책상 위에 『두초당시』* 한 권이 백옥 서진*으로 눌려 있었다. 그리고 낭간琅玕(비취) 탁자 위에는 단금短琴이 가로놓여 있었다. 김생이 바

뽕나무 사이桑間 남녀 밀회의 장소를 가리킨다. 『시경 · 용풍(鄘風)』 「상중(桑中)」은 남녀의 밀회를 읊은 것이다.
금하엽배金荷葉杯 금빛 연잎을 새긴 술잔
『두초당시杜草堂詩』 두보(杜甫)가 사천성(四川省)의 성도(成都)에 정착하여 시외의 완화계(浣花溪)에 세운 초가집이 완화초당(浣花草堂)이며, 그래서 '두초당'이라고도 불린다. 송나라 채몽필(蔡夢弼)의 저작인 『두공부초당시전(杜工部草堂詩箋)』이 고려 시대에 복간되었고 언해본 『두초당시』가 18세기 중반에 나왔다. 헌종 연간에 송상래(宋祥來)가 기록한 『두초당시』도 전한다.
서진書鎭 책장이 바람에 날리지 않도록 누르는 물건

로 시를 지어 먼저 불렀다.

　　거문고와 책은 맑고 깨끗하여 티끌 하나 없으니
　　정녕 '방 안의 옥' 한 사람이라 칭할 만하구나.

영영이 이어서 읊조렸다.

　　오늘 밤이 어떤 밤인지 알지 못하겠구나
　　비단 이불 구슬 자리에 고운 님과 마주했네.

또 각자 한 구절씩 시를 주고받으며 서로 화답하였다.

　　보배 비파를 게을리 타니 고요하고
　　매화 창가에 계수나무 그림자 합하네.
　　오늘 밤 생사를 함께하자는 말들
　　다만 귀신만 듣기를 허락하노라.

헤어짐

시를 다 읊고 서로 이끌어 잠자리에 들어갔다. 겨우 애틋한 사랑을 나누었는데 밤이 벌써 다 지나 닭들이 '꼬꼬댁' 새벽을 재촉하였고, 멀리서 종소리가 '데엥, 뎅' 파루*를 알렸다. 김생은 자리에서 일어나 옷을 챙겨 입고 몇 마디 탄식을 하였다.

"좋은 밤은 몹시도 짧고 우리의 사랑은 끝이 없소. 이른 이별을 어찌한단 말이오. 궁문을 한 번 나가면 다시 만날 기약이 어려우니, 이 마음을 어찌하리오?"

영영이 듣고는 울음을 삼키며 고운 손으로 눈물을 뿌리며 말했다.

"홍안박명*은 옛날부터 있었지만 천한 저로서는 유독 지금 살아서 이렇게 이별하니 죽어서도 이렇듯 원망스러울 것입니다. 살고 죽는 것은

파루罷漏 야간 통행을 금했던 조선 시대에 새벽이 되면 통행을 풀던 신호
홍안박명紅顏薄命 미인은 팔자가 사납다는 뜻

꽃이 시들고 잎이 떨어지는 것과 같아서 추운 계절을 기다릴 것도 없지요. 낭군께서는 남아의 철석같은 마음으로 어찌 자잘하게 아녀자 생각 때문에 마음을 해치십니까? 엎드려 바라건대 낭군께서는 오늘 이별 후에 첩의 얼굴을 가슴에 두어 그리워하지 마시고 천금같이 귀한 몸을 잘 보중하세요. 그리고 학업을 그만두지 말고 힘쓰셔서 과거에 급제하고 벼슬길에도 올라 평생의 소원을 다 이루시길 간절히 바라고 간절히 바라옵니다.”

그러고는 토호관•을 들고 용미연•을 열었다. 쌍난봉전•을 펼쳐 놓고 손수 칠언율시를 써 김생에게 이별 선물로 주었다.

얼마나 그리워하다 오늘에야 만났나

비단 창 휘장 안에서 풍채를 마주했네

등불 앞에서 심사를 다 말하지 못했는데

베갯머리에서 새벽 종소리에 놀라 깼네

은하수에 까치 흩어짐을 막지 못하니

무산에 비구름• 어찌 다시 짙어질런가

이별 후 소식은 아득히 알 길 없어

고개 돌려 겹겹이 잠긴 궁문만 바라보네.

토호관兎毫管 토끼털로 만든 붓
용미연龍尾硯 용의 꼬리를 새긴 벼루
쌍난봉전双鸞鳳牋 난새와 봉황을 그린 고운 종이
무산巫山에 비구름 남녀가 사랑을 나누는 것을 뜻한다. 「고당부」에 초나라 회왕이 고당(高唐)에서 노닐다가 꿈속에서 신녀를 만나 동침하였다. 신녀가 떠나면서 ‘첩은 무산 남쪽 높은 봉우리에 사는데, 아침에는 구름이 되고 저녁에는 비가 되어 매일 아침저녁 양대(陽臺) 아래에 있겠습니다’라고 하였다는 고사에서 나온 말이다.

김생이 시를 보고 슬픔을 이기지 못해 눈물이 흐르는 것도 깨닫지 못했다. 마침내 붓을 적셔 즉시 화답시를 적었다.

등불 꺼진 사창에 지는 달 기우니
견우 직녀 은하수를 사이에 두고 바라보네

좋은 밤 일각*은 천금千金 같으니

두 줄기 이별 눈물에 온갖 한 서려 있네.

이제부터 아름다운 기약 막히기 쉬우니

예로부터 호사다마라 하였구나.

훗날 다시 서로 만난다 하더라도

한없는 정회 어찌 시들겠는가.

영영은 펼쳐 놓고 보려 했으나 눈물방울이 글자를 적셔 다 볼 수 없었다. 거두어 품속에 넣고 애틋하게 말없이 손을 잡고 서로 바라볼 뿐이었다. 이때 새벽 등불이 희미해지고 동창이 밝아오려 했다. 영영이 김생을 이끌고 나와 궁 담장 밖에서 배웅했다. 두 사람은 서로 목이 메었으나 울 수 없으니 죽어 이별하는 것보다 더 비참했다.

김생은 이윽고 집으로 돌아왔으나 넋을 잃어 물건을 보아도 보이지 않았고 소리를 들어도 들리지 않았다. 세상사 모두 잊어버리고* 어떤 일에도 마음을 두지 않았다. 한 통의 편지를 써서 간절한 뜻을 전달하고자 상사동의 노파를 만나려 했으나 이미 세상을 떠난 뒤라 편지를 부칠 길도 없었다. 그저 슬퍼하기만 하며 헛되이 몽상에 번뇌할 뿐이었다.

잊어버리고　원문에 '전제세고(筌蹄世故)'라 되어 있다. 전제(筌蹄)는 물고기를 잡는 통발과 토끼를 잡는 올가미라는 뜻으로 목적을 이루기 위한 수단이나 도구를 말한다. 『장자(莊子)』 「외물편(外物篇)」에 '통발은 고기를 잡는 것인데 고기를 잡고 나면 통발은 잊어버리고, 올가미는 토끼를 잡는 것인데 토끼를 잡고 나면 올가미는 잊어버리는 것이다[筌者所以在魚, 得魚而忘筌. 蹄者所以在兎, 得兎而忘蹄]'라고 한 데서 온 말이다. 원래는 도를 얻은 다음에는 형식 따위는 잊어야 한다는 뜻이지만 여기서는 단지 '잊다'라는 뜻으로 사용되었다.

그리움

시간이 점차 흐르고 세월은 잠깐인지라 온갖 근심 속에서도 3년이 지났다. 정은 일에 따라 변하니 그리움도 점점 줄었다. 김생은 다시 옛 학업을 일삼아 경전에 침잠하고 문장에 힘썼다. 회화나무 꽃이 피는* 시기를 기다려 나라의 뛰어난 선비들과 시험장에서 겨루었고, 시험을 치를 때마다 김생이 합격하여 장원으로 뽑혔다. 일시에 빛나니 견줄 만한 이가 없었다.

사흘간 유가*하면서 머리에는 계수나무 꽃을 꽂고 손에는 상아홀을 잡았다. 앞에서는 두 개의 일산日傘(양산)이 인도하고 뒤에서는 천동*들

이 옹위하였다. 비단옷을 입은 광대들은 좌우에서 재주를 보이고 악공들은 온갖 음악을 함께 연주하였다. 구경하는 자들이 길을 가득 메우고 하늘에서 온 사람인 듯 바라보았다.

김생은 반쯤 취해 호탕한 기세로 채찍을 잡고 말에 올라타 온 거리를 돌았다. 그러다가 문득 길가 높은 담장에 둘러싸여 있는 집을 보았다. 길게 백 걸음 정도 되는데 푸른 기와와 붉은 난간이 사면에서 빛나고 온갖 꽃과 초목들은 계단과 뜰에서 향기를 내뿜고, 희롱하듯 노니는 나비와 벌들은 요란하게 원림園林을 날아다녔다. 그곳은 바로 회산군 댁이

있다. 문득 옛일이 생각난 김생은 마음속으로 기뻐하며 취한 척 말에서
떨어졌다. 그러고는 땅에 누워 일어나지 않았다.
궁에서 나와 구경하는 이들이 모여드니
저잣거리 같았다.
　이때는 회산군이 세상을 떠난 지
이미 3년이 되어 부인이 소복을 처음
벗고 쓸쓸히 홀로 거처하며 마음 둘 곳
없어 하던 때였다. 그러던 차에 배우와

난쟁이들의 놀이를 보려 했다가, 쓰러진 김생을 보게 된 것이다. 부인은 시녀들에게 시켜 그를 부축해서 서헌西軒에 들여 비단 자리에 누이고 죽부인을 베도록 했다. 김생은 가물가물 눈을 감고서 깨어나지 못하는 척했다.

광대와 악동들은 뜰 가운데 늘어서서 온갖 음악을 함께 연주하고 온갖 놀이를 펼쳤다. 궁중 시녀들은 붉게 단장하고 얼굴에 분을 발랐다. 구름 같은 머리로 주렴을 걷고 보는 자가 수십 명이었으나 영영만은 보이지 않았다. 속으로 이상하게 여겼으나 그녀의 생사를 알 수 없었다. 실눈을 뜨고 보고 있으려니, 한 낭자가 나오다가 김생을 보고는 들어가 눈물을 닦으며, 계속 들락거렸다. 바로 김생을 보고 흐르는 눈물을 참지 못해 남이 눈치챌까 두려워하고 있는 영영이었다.

이를 본 김생이 서글퍼하는 가운데 어느덧 저녁이 되었다. 김생은 이곳에 오래 머물 수 없음을 알고 기지개를 펴고 일어나 돌아보고는 놀랐다.

"여기가 어디지?"

궁중의 늙은 하인이 달려 나와 말하였다.

"여기는 회산군 댁입죠."

김생이 더욱 놀라며 말하였다.

"내가 왜 여기 있나?"

하인이 실상을 이야기하자 김생은 곧 일어나 가려 했다. 그런데 김생이 취하여 목이 마를까 염려한 부인이 영영에게 차를 받들어 내가게 했다. 두 사람은 서로 보고 한마디 말도 하지 못하고 다만 눈짓으로 뜻을 전할 뿐이었다. 김생이 차를 다 마셔 영영이 안으로 들어가려 할 때 화전˙ 한 통이 품에서 떨어졌다. 김생이 다급히 주워 소매 안에 넣고는 말을 타고 집에 돌아와 펼쳐 보았다.

야박한 운명의 영영은 삼가 김랑金郞께 재배하며 사뢰옵니다.

첩이 살아서 따르지 못하고 또 죽지도 못해 앙상한 몸으로 남은 생을 부지하여 지금까지 살고 있습니다. 어찌 첩의 정성이 작아 낭군을 지극히 생각하지 않았겠어요? 하늘은 어찌 그리 아득하며 땅은 어찌 그리 드넓던지요. 첩은 복사꽃, 오얏꽃 피는 봄날에도 깊은 정원에 갇혀 있고 오동나무에 비 내리는 때에도 빈 방에 갇혀 있어요. 오랫동안 거문고를 대하지 않아 상자에 거미줄이 생기고, 거울을 그저 보관해 두기만 하니 먼지가 화장대에 가득하지요. 해 지는 저녁 하늘은 첩의 한을 더하고, 새벽별 그믐달은 첩의 마음을 알지 못해요. 누각에 올라 멀리 바라보면 구름이 첩의 눈을 가리고, 베개에 누워 잠을 청할 때면 수심이 첩의 혼을 끊지요. 아, 낭군이시여! 첩이 어찌 슬프지 않겠어요? 불행하게도 노파가 세상을 떠난 후로는 소식을 전하려 해도 할 수 없으니 그저 얼굴만 생각해도 매번 애가 끊어지는 듯했지요. 이 몸이 다시 낭군을 만난다 해도 꽃 같은 용모는 이미 변하여 사랑받기 어려울 것입니다. 낭군께서 또한 첩을 생각하시는지 모르겠군요. 아주 오랜 세월이 지나도 첩의 한은 끝이 없겠지요. 아! 어찌하겠어요? 죽을 따름이지요. 편지를 봉하매 너무나 슬퍼 아뢸 바를 모르겠습니다.

화전華牋 고운 종이, 또는 고운 종이에 쓴 편지

편지 아래에는 다시 칠언절구 다섯 수가
있었는데 첫 수는 이렇다.

좋은 인연이 나쁜 인연 되니
낭군이 아니라 하늘을 원망할 뿐
옛정이 아직 끊어지지 않았다면
훗날 황천에서 저를 찾으옵소서.

둘째 수는 이렇다.

　　하루를 똑같이 나누면 열두 시각
　　어느 때 어느 날인들 그립지 않으랴
　　어느 날에나 만나기를 기약하리오
　　세상에 이별이 있음을 한탄합니다.

셋째 수는 이렇다.

　　메마른 버들, 시든 꽃은 정 때문인 듯
　　거울 속 흰 머리카락이 안타깝습니다.
　　원래 아름다운 여인은 기쁜 일이 없으니
　　담장 위 새벽까치는 누굴 위해 우는지.

넷째 수는 이렇다.

　　이별 후 자리 틈 먼지인들 차마 쓸리오
　　낭군이 앉았던 흔적을 소중히 여기는데
　　적막한 깊은 궁에 소식이 끊어지니
　　봄비에 떨어지는 꽃이 겹문을 가립니다.

다섯째 수는 이렇다.

그윽한 회포를 보내 내 얼굴 대신하려고

녹창* 안에서 몇 번이나 붓을 들었나

그저 이별 후 그리움의 눈물만이

방울방울 화전에 얼룩만 남깁니다.

김생이 보고는, 읊조리고 어루만지며 차마 손에서 놓지 못하였다. 영영에 대한 그리움은 이전보다 더 깊어졌다. 그러나 청조*가 오지 않아 소식은 전하기 어렵고 흰 기러기는 오래 전에 끊어져 편지를 부치지 못하며, 끊어진 현絃은 다시 이을 수 없고 깨진 거울은 다시 붙일 수 없었다. 마음속은 근심으로 가득 차 잠을 이루지 못하지만 무슨 도움이 되겠는가? 얼굴이 야위고 몸이 약해져 병이 들어 누운 지 수 개월이 지났다.

재회

그때 김생과 같이 과거 급제한 이정자*라는 이가 문병을 왔다. 김생은 손을 잡고 정을 표하고는 병이 난 빌미를 말하였다. 그러자 정자가 위로하였다.

"그대의 병은 나을 것이네. 회산군의 부인은 나에게 고모가 되지. 절친한 정이 있으니 말하고자 하는 것을 쉬이 전할 수 있네. 또 부인께서 남편을 잃은 후로 저승의 보응報應을 믿어 가산과 보배를 아끼지 않고 잘 베푸실 정도이니, 내 도모해 봄세."

김생이 기뻐서 말하였다.

"뜻하지 않게 오늘 영산의 도사*를 다시 보는군."

이에 거듭거듭 굳게 약속한 뒤 인사를 하고 보냈다.

정자正字　조선 시대에 홍문관(弘文館), 승문원(承文院), 교서관(校書館)에 속한 정9품 벼슬
영산靈山의 도사　영취산(靈鷲山)에서 설법하던 석가모니를 가리킨다.

정자는 곧바로 부인 앞에 나아가 말하였다.

"모월 모일에 장원급제한 이가 취하여 문 앞을 지나다가 말에서 떨어져 정신을 차리지 못한 것을 고모께서 부축하여 서헌에 들이도록 하신 일이 있습니까?"

"있지."

"영영에게 명하여 차를 받들어 해갈하게 한 일도 있으시고요?"

"있지."

"그는 바로 이 조카의 벗˙으로, 장원한 김 아무개입니다. 재주가 남보다 뛰어나고 행동거지에 세속의 티가 없으니 장차 큰일을 할 사람이지요. 불행히 병이 들어 문을 닫고 누웠다기에 제가 아침저녁으로 왕래하면서 병문안하였는데 몸이 초췌하고 숨이 미약해 목숨이 곧 끊어지려 합니다. 제가 매우 슬퍼하며 병이 난 이유를 물었더니 영영이 그 빌미라 하더군요. 살려 주실 수 있을지 모르겠습니다."

부인이 감격하며 말하였다.

"내가 어찌 영영 하나를 아껴 너의 친구가 원한을 맺고 죽게 하겠느냐?"

그러고는 곧 영영에게 김생의 집에 가라고 명령하였다. 두 사람이 서로 만나니 그 기쁨은 이루 말할 수 없었다. 앓던 기운이 금세 소생하여 며칠 만에 일어나게 되었다.

이때부터 완전히 공명을 버리고 끝까지 정실부인을 얻지 않고 영영과 함께 같이 살았다. 평소 영영과 같이 읊던 시문詩文이 매우 많아 책 분량이 되었으나 자손이 없어 세상에 전하지 못했으니, 아! 애석하도다.

벗 원문에는 '벗'이란 말이 없으나 문맥상 다른 이본을 참고하여 번역하였다.

사랑은 어디에 있나
_전기傳奇의 관습을 벗어나 그려 낸 애정과 욕망

「주생전」과 「영영전」은 전기傳奇 계열의 소설이다. 전기는 당나라 때 발생한 서사 양식으로서, 우리나라의 경우 신라 말 고려 초의 작품 「최치원」이 유명하다. 유려한 문체로 비일상적인 만남을 서술한다는 특징이 있다.

주생전

누가 「주생전」을 썼나?

「주생전」의 작자가 권필權韠(1569~1612년)이라는 것은, 17세기 한문소설집 『화몽집花夢集』(김일성종합대학 소장)에 수록된 작품 말미의 권필이 썼다는 기록에 근거한 것이다. 『화몽집』에는 「주생전」 외에도 「운영전」, 「영영전」, 「동선기」, 「달천몽유록」, 「원생몽유록」, 「피생명몽록」, 「금화영회」, 「강로전」이 수록되어 있다. 「주생전」은 국역본까지 남아 있을 정도로 인기를 끈 작품인데, 여러 이본 가운데 『화몽집』의 작품이 가장 나은 것으로 평가된다. 이 책도 『화몽집』에 있는 작품을 대본으로 하여 번역하였다.

작자 권필은 정철鄭澈의 문인이고 허균許筠과 절친했으며 당대 최고의 시인으로 일컬어진다. 재주가 뛰어났지만 과거科擧를 보지 않고 시와 술을 즐겼는데, 이러한 낭만적 풍조가 「주생전」에 묻어난다.

「주생전」은 실화일까?

「주생전」은 작자인 '내'가 주인공 주생을 만나 이야기를 전해 들은 것이라고 말미에 기록되어 있어서, 사실에 바탕을 둔 소설로 여겨진다. 이 작품은 전기 계열의 소설인데 전기의 경우 말미에 작자가 어디서 들었는지 기록하는 관습이 있기 때문에, 「주생전」 말미의 기록이 허구라고 보지는 않는다. 그래서 '주생'이 과연 누구인지 알아내기 위해 권필과 교류한 중국인들을 조사하기도 했으나, 사실을 바탕으로 한 허구로 보는 게 통설이다.

「주생전」이 보여 주는 사랑

「주생전」은 주생과 배도, 선화 세 명의 사랑 이야기로 진행된다. 주생이 선화를 선택하면서 배도는 쓸쓸한 죽음을 맞게 되는데, 이 배도의 사랑이 특히 주목할 만하다. 배도는 자신이 기생이라는 점을 잘 알고 있다. 그래서 주생과 서로 사랑을 확인할 때에도 기생 장부에서 빼내 주기만을 바랄 뿐, 아내가 되는 것까지 바라지는 않는다. 기생이라는 신분을 감안하여 욕망을 스스로 제한하고 있는 것이다. 주생을 사랑하기 때문에 선화를 질투하였지만 끝내는 주생과 선화의 관계를 인정하는 것도 자신의 신분이 지닌 제약 때문이다. 이렇듯 신분의 차이로 인물의 행위를 제한하는 것은 작품의 현실성을 높여 주며, 중세 신분 질서가 어떻게 인간을 규제하는지 그 공고함을 보여 준다.

주생은 처음에는 배도를 사랑하였다가 선화를 보고서는 선화를 사랑하게 된다. 「주생전」 이전의 전기에서는 사랑하다 헤어지거나 그만두는 경우는 있어도 사랑의 대상을 바꾸는 경우는 없다. 그리고 사랑을 얻기 위해 남자가 과감하게 여자 방으로 돌입하는 것도 이전의 전기에서는 없던 양상이다.

선화 역시 이전 전기에 나오는 지고지순한 절대적인 사랑에서 벗어나는 모습을 보인다. 배도의 편지를 보고는 질투심을 일으켜 지워 버리는 행동이 그렇다. 질투한다는 것은 둘의 관계가 변할 수 있다는 것을 전제로 한다. 이전 전기의 사랑은 제3자가 끼어들 여지가 전혀 없는 절대적인 양상이었는데, 여기서는 그렇지 않다. 이렇듯 「주생전」에는 각기 다른 사랑의 모습이 그려지는데 작자는 어느 한쪽을 편들지 않는다. 이것이 이 작품의 뛰어난 점이다.

「주생전」과 닮은 중국 소설

「주생전」에는 중국 전기의 영향이 짙게 배어 있다. 당나라 전기 「곽소옥전」과 명나라 전기 계열 소설인 「가운화환혼기」가 특히 주목된다. 「곽소옥전」은 실존 인물인 이익과 기생 곽소옥의 사랑과 배신, 그리고 원혼의 보복을 그린 것이고, 「가운화환혼기」는 사랑하지만 부모의 반대로 이별하여 죽게 된 가운화가 환생하여 결국 사랑을 얻게 된다는 환상적인 소설이다. 두 작품 다 명작이므로 「주생전」과 어떻게 같고 다른지 살펴보는 것도 흥미 있다.

● 영영전

「운영전」과의 거리

「영영전」은 「상사동기相思洞記」 또는 「상사동전객기相思洞餞客記」, 「회산군전檜山君傳」이라고도 한다. '상사동'은 그리움의 마을이라는 뜻인데, 비원 남쪽인 원남동의 옛 이름이다. 김생과 영영이 만나는 장소로 나온다. '전객'이라는 것은 잔치를 베풀어 손님을 배웅한다는 뜻인데, 김생이 영영과 만날 수 있도록 하인이 꾸민 계책이다. 성종의 다섯째 아들인 회산군은 영영이 시녀로서 모시고 있는 인물인데, 「운영전」의 안평대군처럼 둘 사이를 가로막는 기능을 한다. 안평대군이나 회산군은 왕족으로서 두 남녀의 애정을 가로막는 중세 질서를 상징적으로 보여 주고 있다.

1644년에 왕족인 이건李健은 「영영전」을 읽고 독후감을 시로 표현해 놓았다. 두 편을 썼는데, 「제상사동기題相思洞記」에서는 하인의 계책이 없었으면 만나지 못했을 것이라고 하였고, 「제전객기題餞客記」에서는 친구의 도움이 없었으면 역시 만나지 못했을 것이라고 하였다. 「운영전」에서는 하인이 도와주어서 운영을 만나지만 나중에 하인의 배반으로 곤란을 겪기도 한다. 그렇게 해서 이야기에 흥미를 더하는데, 「영영전」에는 악인이 존재하지 않는다. 회산군이라는 존재 말고는 둘의 만남을 방해하는 인물이 없다. 회산군도 상징적으로 배치될 뿐이지 운영전의 안평대군과는 달리 행위를 보여 주지는 않는다. 그래서 전체적으로 긴장미나 갈등의 정도는 약하다.

「영영전」이 보여 주는 사랑

「영영전」은 양반과 궁녀의 사랑이라는 「운영전」의 틀을 차용하고, 비극적 결말을 행복한 결말로 바꾸어 놓은 작품이다. 행복한 결말이 가능한 이유는 사랑의 걸림돌인 회산군이 죽었기 때문이기도 하지만 그에 앞서 주인공이 사랑의 감정을 진정시킬 수 있었기 때문이다.

대체로 전기는 작자가 젊을 때 지어졌기 때문에 전기의 남녀는 질풍노도와 같은 사랑과 파국을 맞게 마련이다. 「영영전」의 김생과 영영은 그 절절했던 사랑의 감정이 한동안 줄어들었다가, 기회가 되자 다시 솟구친다. 신분이 다른 남녀의 만남을 행복하게 마무리하기 위해 고심하다 마련한 설정이겠는데, 그만큼 전기의 특성인 애절함이나 비장함은 별로 느낄 수 없다.

「영영전」은 둘의 만남을 행복하게 귀결시키는 한편, 만남 장면에서도 이전에 없던 자극적인 묘사로 서술하여, 대중적 취향을 따르고 있다. 이전 작품들에서는 남녀가 만나 주고받는 시를 중심에 두어 내면적 표출에 주력하였는데, 여기서는 사랑 행위를 구체적으로 표현하면서 육체를 탐하는 모습을 보인다.

　사랑하는 사람과 같이 살게 되었다는 점에서 행복한 결말이라고 하였지만, 그 행복이 그리 온전해 보이지는 않는다. 영영은 신분상 김생의 정식 아내가 될 수 없고 첩으로 만족해야만 한다. 정식 아내를 얻지 않은 김생은 당시 사회에서는 온전하지 못한 가정을 꾸린 셈이다. 기존 사회의 가족과는 다른 모습을 하게 되므로 부귀공명과도 관계를 끊는다. 오직 둘만의 사랑이 있을 뿐, 사회적 관계는 도외시된다. 이렇게 그들만의 관계를 맺는 것으로 마감하는 것은 또한 전기의 특성에 해당한다.

「영영전」이 영향을 준 작품

1906년부터 1907년까지 잡지 『소년한반도』에 이해조가 한문소설 「잠상태岑上苔」를 연재하다가 완성하지 못하였는데, 「잠상태」는 「영영전」을 번안한 작품이다. 「영영전」이 꽤 인기 있었다는 것을 알 수 있다.